Et si je vous jetais aux requins pour les vacances ?

Les enquêtes de Chloé

Comédie policière

DU MÊME AUTEUR

COMÉDIES POLICIÈRES

◆ LES ENQUÊTES DE CHLOÉ
1. *Et si je vous offrais des coups de pelle pour Noël ?*, 2020.
2. *Et si je jonglais avec votre tête pour Halloween ?*, 2021.
3. *Et si je vous jetais aux requins pour les vacances ?*, 2022.

FANTAISIE HISTORIQUE (GASLAMP FANTASY)

◆ UNE PLUME ET DES CROCS
1. *La nuit des loups*, 2022.
2. *L'ivresse du sang*, à paraître.

POLARS HISTORIQUES

◆ LES ENQUÊTES DES COUSINS CLIFFORD
1. *Premières armes*, 2017.
2. *Près du tsar, près de la mort*, 2017.
3. *Voir Venise et mourir*, 2018.
4. *La dame en rouge*, 2018.
5. *L'homme en vert*, 2020.
6. *L'enfant en bleu*, 2021.

◆ WORTHINGTON & SPENCER, DÉTECTIVES PRIVÉS
1. *Sombres secrets*, 2018 (Trad. anglaise : *Dark secrets*, 2019).
2. *Esprits tueurs*, 2019.
3. *Exquises miniatures*, 2020.
4. *Furieuse nature*, 2023.

LIVRE POUR ENFANTS

◆ LES AVENTURES DE LOUIS CLIFFORD
1. *Le mystère de Noël*, 2018.

ROMAN FEELGOOD

La vie dont tu rêvais enfant, 2019.

OUVRAGES HISTORIQUES

Les droits de la reine. La guerre juridique de Dévolution 1661-1674), 2018.

Et si je vous jetais aux requins pour les vacances ?

Delphine Montariol

Les enquêtes de Chloé

Comédie policière

*À toutes celles et tous ceux qui
travaillent pendant que les autres font
la fête et profitent de leurs vacances !
Merci à toutes et à tous !*

Chapitre 1

Oh punaise ! La chance aurait-elle tourné ?

Jeudi 30 juin – Temps magnifique. Journée mémorable ! Merci la vie ! Merci petit Jésus !

— **B**on, cette fois-ci, vous ne pouvez pas dire que je me sois moqué de vous ! triomphe Luc en ouvrant les bras pour nous montrer le spectacle.

Et quel spectacle !

Pour une fois, je n'ai rien à dire. Je dirais même qu'il m'a coupé la chique, ce qui n'arrive pas souvent[1].

Je vous explique.

Luc, le directeur de notre troupe de théâtre[2], un petit bonhomme rondouillard et court sur pattes, est parvenu, nous ignorons par quel moyen plus ou moins avouable[3], à nous faire engager par un centre de

---

[1] Ceux qui ont lu mes deux premières aventures le savent, les autres, honte à vous !

[2] Oui, toujours la même ! Les « Shakespeare en pire », je sais... Bref, on ne va pas recommencer le débat. Ça nous a fait rire à la sortie du conservatoire, maintenant ça nous fait moins rire... Quoique...

[3] Oui, nous avons même envisagé qu'il ait fait don de son corps grassouillet à la cause... Si, si... Ça nous a valu une belle cuite pour supporter l'idée !

vacances en Polynésie française. Alors là, chapeau bas l'artiste. Luc mérite son triomphe romain.

Je dois vous avouer que, lorsqu'il est arrivé avec cet engagement, aucun de nous quatre n'a voulu le croire. Nous pensions tous qu'il s'agissait d'une plaisanterie mesquine de sa part. Nous l'avons si souvent chahuté sur les piètres engagements, que nous devions honorer, qu'une vengeance ne nous aurait guère surpris. Qui engagerait la troupe des « Shakespeare en pire » pour un mois de représentation dans un club de vacances select de Polynésie française ? Il a fallu toute la persuasion de notre petit bonhomme, très remonté et pour cause, pour que Serge, notre colosse des Antilles, se décide à appeler la gouvernante du « Bora Bora Lodge Prestige », une certaine Madame Tahia Montclair. Luc, boudeur, nous observait de loin écouter tous les quatre les réponses d'une dame à l'accent aussi charmant que chantant. D'évidence, Tahia était une vahiné pure souche...

À la fin de la conversation, j'ai scruté les réactions des autres, étant moi-même trop sous le choc pour m'exprimer. Serge, notre Apollon d'ébène, s'essuyait le front avec force et conviction ; Muriel, notre « costumière – coiffeuse – maquilleuse – régisseuse »[4], était d'une jolie nuance de vert, tout à fait coordonnée à ses cheveux roux flamboyants ; quant à Cyrielle, notre jeune recrue aussi blonde que pulpeuse, elle roulait des yeux ébahis et m'observait avec insistance pour que je réagisse... En tant que troisième membre fondateur de la troupe avec Luc et Serge, je me devais de dire quelque chose...

— Ben, alors, mon poulet, comment tu t'y es pris ?

---

[4] Et bien d'autres choses encore, en fonction des circonstances.

D'accord, ce n'est pas du Shakespeare... Mais je voudrais vous y voir ! Alors que nous avons toujours été cantonnés aux contrats dont personne ne voulait, nous voilà bombardés à Bora Bora pour quatre semaines de représentations... Quatre semaines sous les cocotiers ! C'est un choc ! Il faut que nous allions à Lourdes de toute urgence ! C'est un miracle admirable, à moins qu'il ne s'agisse d'un signe avant-coureur de l'Apocalypse... De toute façon, je m'en fiche, il est trop tard !

Je suis à Bora Bora[5] !

Je suis à Bora Bora !

Oui, bon, d'accord ! Vous avez compris !

Bref, nous venons d'atterrir et, devant nous, se déploie la preuve que Dieu existe. Les bras ouverts dans sa chemise Hawaïenne[6], Luc nous présente le résultat de son travail acharné.

Nous sommes à l'aéroport de Bora Bora...

*J*e n'ai pas visité tous les aéroports du monde, mais je peux vous assurer que celui de Bora Bora[7] est le plus majestueux de l'univers[8]. Nous n'avions même pas atterri que la splendeur des

---

[5] À dire sur le ton de « Bisque, bisque, rage » ! Oui, je ne suis pas sympathique, ni mesurée dans mes réactions ! Vous vous y habituerez !

[6] Je sais, nous ne sommes pas à Hawaï, mais Luc est si fier de sa chemise !

[7] Oui, je me répète, mais c'est trop bien ! Laissez-moi profiter !

[8] Ce n'est pas la peine d'objecter que je n'ai pas visité tous les aéroports du monde, ni de l'univers, laissez tomber ! Aucune base lunaire, ni martienne, ne peut rivaliser avec ce que j'ai sous les yeux !

paysages nous frappait déjà de plein fouet ! Il faut dire que nous avons été pires que des gosses tout le long du vol... et Dieu qu'il est long ce vol ! Nous avons passé les trente heures de détention volontaire sur notre petit nuage d'enthousiasme[9]. Les « Shakespeare en pire » en tournée en Polynésie française... Une sorte de fantasme inavoué que nous faisions tous sans le savoir.

Enfin sortis du dernier avion, toutes les fatigues du voyage s'effacent devant l'éblouissement qui nous saisit face à la magnificence des lieux. Il est même étrange qu'une telle perfection existe sur Terre. Des *vahinés* magnifiques nous accueillent avec des colliers de *tiarés Tahiti*[10] et j'ai l'impression d'être au paradis. Les parures de fleurs embaument l'air de leur parfum doux et entêtant à la fois. Je crois que, pour le restant de mes jours, j'associerai le parfum de ces fleurs au ciel bleu et aux eaux de turquoise... Rien que pour ces quelques moments de perfection absolue, la vie vaut la peine d'être vécue.

Auréolés de nos adorables présents floraux, nous repérons dans le hall un charmant *tane*[11], tout de blanc vêtu, une fleur en bouton sur l'oreille droite. Il présente, avec conviction, à tous les touristes une pancarte proclamant « Shakespeare Empire ». Il est

---

[9] Et tant mieux pour nous ! Il fallait au moins ça, pour supporter le voyage ! Je ne vous dis pas les lombaires en arrivant. J'ai cru que nous n'arriverions pas à déplier Muriel et Luc...

[10] Littéralement « fleurs de Tahiti » en langue polynésienne, *tiaré* signifiant fleurs. Oui, en 30 heures, j'ai eu le temps de lire mon guide de voyage en intégralité, à l'endroit et à l'envers, je suis incollable sur la Polynésie !

[11] *Vahiné* : femme ; *tane* : homme en polynésien ! Oui, à la fin de mon histoire, vous aurez des notions de polynésien ! Bon, pour être honnête, vous aurez surtout des notions du vocabulaire lié à la nourriture, j'ai concentré mes efforts sur ça...

bien, ce petit[12]... Finalement, le gamin a raison ! Je préfère ce nom ! À la prochaine réunion de la troupe, je vais plaider pour que nous nous appelions les « Shakespeare Empire » ! Ça au moins, ça a de l'allure ! Bref, nous nous dirigeons vers le jeune homme qui nous salue et nous guide vers la sortie d'un pas chaloupé. Je vous rassure, l'aéroport de Bora Bora est minuscule, cela ne nous prend guère de temps. De toute façon, nous ne sommes pas pressés ! Nous avons bien l'intention de profiter de la moindre microseconde au paradis !

Alors que Luc étend de nouveau les bras devant lui pour nous montrer son incommensurable réussite, je vois Cyrielle, notre blondinette préférée, s'intéresser de très près au petit Tahitien venu nous chercher. Elle a bien raison, il est charmant[13].

— Bonjour, je m'appelle Cyrielle et toi ? dit-elle en lui tendant la main.

— Metua, répond-il avec un large sourire d'une blancheur éclatante.

Bon, je ne sais pas si c'est l'odeur des *tiarés Tahiti*, le soleil éclatant ou l'eau translucide, mais Cupidon a l'air d'avoir frappé[14].

À peine sommes-nous sortis de l'aéroport que nous tombons sur des eaux enchanteresses. D'après ce que j'ai lu dans mon guide touristique, l'aéroport de Bora Bora a été construit par les Américains pendant la Deuxième Guerre mondiale, puis a été reconverti pour

---

[12] Au sens maternel du terme ! Le gamin a au moins vingt ans de moins que moi, je ne suis pas une couguar, merci bien ! De plus, je vous rappelle que j'ai James Bond à la maison. Pour ceux qui ne connaissent pas, intéressez-vous à ma petite enquête d'Halloween.

[13] Toujours au sens maternel du terme !

[14] Il frappe dur par moments ce petit couillon ailé !

les vols commerciaux à partir de 1958. Comme il est situé sur un îlot, au nord de la barrière récifale, les voyageurs doivent prendre des bateaux-taxis ou les navettes de leurs hôtels pour rejoindre leurs destinations finales. Metua nous guide vers un petit bateau tout blanc, très élégant, non loin de là. Pendant qu'il s'affaire, je contemple l'horizon, là où le ciel azur rencontre les flots du lagon se fondant dans une ligne indistincte de nuances de bleu.

— Tu as l'air bien songeuse, ma biquette.

La voix de stentor de Serge retentit derrière moi, alors que l'une de ses larges mains se pose sur mon épaule. Depuis le temps que nous vivons ensemble Serge, Luc et moi, nous avons eu le temps de nous habituer les uns aux autres à un point, qu'aucun de nos compagnes ou compagnons respectifs n'atteindra jamais. Nous nous sommes rencontrés au conservatoire et nous ne nous sommes plus quittés depuis lors. Cela fait vingt-cinq ans que nous nous connaissons et vivons ensemble, vingt-deux ans que nous avons fondé la troupe commune[15]. Plus solide qu'un mariage[16], notre amitié est indéfectible.

À son habitude, Luc se place aussi à mon côté et pose sa main, bien moins large que celle de Serge, sur mon autre épaule.

— Merci Luc.

Il paraît surpris, puis sourit avec tendresse, une larme menaçant de franchir le coin de son œil. Luc a beau être un râleur, c'est un tendre dans l'âme et une pâte au quotidien.

---

[15] Pour ceux qui veulent en avoir le cœur net, je vous confirme que l'histoire d'Halloween s'est passée il y a un peu plus d'un an et demi.

[16] Ou, du moins, que le mien...

— Avec plaisir, répond-il simplement. Ça fait si longtemps que j'espérais vous proposer un beau contrat comme celui-ci...

En plus d'être le directeur de la troupe, Luc assume depuis nos débuts la recherche des engagements, Serge et moi nous chargeant de la mise en scène et des répétitions. Même si nous sommes conscients de la difficulté de placer une troupe de théâtre quasi inconnue dans les festivals et les événements de toutes sortes, il nous est parfois arrivé d'être sévères avec Luc, quand nos contrats nous menaient dans des coins perdus, sans loge, sans scène et encore moins d'hébergements. En vingt-deux ans, je peux vous assurer que nous avons eu notre lot de plans nuls, de contrats bidons et autres joyeusetés qu'une troupe de province affronte au quotidien... Aussi, pour être justes, Luc a bien mérité nos félicitations.

— C'est l'heure du câlin collectif ! lancé-je avec joie.

Je m'agglutine à lui et sens aussitôt l'étreinte d'ours de Serge se resserrer sur nous. Muriel nous saute littéralement dessus et Cyrielle nous rejoint cahin-caha, les jambes entravées par un paréo trop petit qu'elle a voulu passer à toute force sur ses courbes girondes.

Les Tahitiens doivent nous prendre pour des fous, mais ce sont des gens tolérants. Après quelques instants d'étouffement collectif de ce pauvre Luc, nous relâchons notre prise sur lui et le libérons, tout suffocant mais heureux.

Pendant notre démonstration d'affection, Metua, notre sémillant navetier[17], a rangé l'ensemble de nos

---

[17] Au début, j'ai songé à « voiturier », mais il conduit une navette... d'où « navetier »...

bagages dans la navette floquée aux armes de notre employeur : « Bora Bora Lodge Prestige » et nous fait signe de monter. Comme nous sommes d'aimables personnes, nous obtempérons sans trop de difficultés et nous hissons dans la luxueuse embarcation mise à notre disposition. Cyrielle s'octroie la place de devant à côté du Tahitien. À l'arrière, installés sur nos luxueuses banquettes, nous échangeons quelques regards entendus et ricanons bêtement. Metua lance le bateau sur les eaux céruléennes de Bora Bora et nous ne ratons rien du paysage sublime.

Chapitre 2

Retour à la normale, c'est le chaos !

*L*e voyage se déroule dans un silence quasi monastique, tant nous sommes stupéfiés par la beauté de l'île. En bon guide, Metua attire notre attention sur les différents points de vue que nous croisons. Comme de parfaits touristes, nous contemplons les eaux transparentes d'un bleu lagon irréel, ainsi que la haute silhouette du mont *Otemanu*, le point culminant de l'île avec ses 727 mètres de haut et situé au centre de l'atoll. Nous saluons, tels des princes en déplacement, tous les navires et autres barques, que nous croisons sur notre route. J'ignore si tout le séjour va se dérouler dans un tel luxe, mais je compte bien profiter de la moindre parcelle temporelle que nous accorde le dieu des artistes, qui a enfin pris pitié de nous.

Le navire fait une légère embardée et nous nous approchons d'un complexe hôtelier incroyable, réunissant une douzaine de grands bungalows sur pilotis, pieds dans l'eau du lagon. La navette se faufile sans peine à travers les luxueuses habitations pour s'arrimer à un ponton d'un blanc étincelant.

— Quatre semaines dans ce décor, cela vaut la peine de faire trente heures de vol... souffle Serge.

Metua descend nos bagages et nous abandonne sur le ponton, encore sous le choc des merveilles qui s'étalent sous nos yeux. Cyrielle lui fait un petit signe de la main, ce qui lui vaut un sourire garanti « blanc de blanc » du jeune Tahitien.

Nous avons à peine le temps de contempler les environs qu'une jeune femme à lunettes arrive au trot en nous faisant de grands signes. Châtain aux cheveux courts, d'une trentaine d'années, elle est cintrée dans un impeccable tailleur en lin blanc. Elle s'approche de Serge, comme de bien entendu, et s'enquiert :

— Vous devez être Luc, n'est-ce pas ?

Elle a un léger accent de la haute société, un peu pincé, mais quelque chose me dit qu'il s'agit d'un air qu'elle se donne[18]. Ce n'est certes pas la dame qui nous a confirmé notre engagement au téléphone...

— Non, Madame. Je suis Serge Joseph et voici mes associés Chloé Lefebvre et Luc Delbary, notre régisseuse Muriel Goujon et notre actrice Cyrielle Pavie.

À son habitude, Serge prend les choses en main et notre interlocutrice nous salue tour à tour d'un signe de tête un peu sec. D'après ce que je comprends, Madame se contrefiche de nos noms...

— Bien, si vous êtes tous là, je vais vous conduire à votre bungalow afin que vous puissiez vous installer, puis demain, nous vous ferons faire le tour de la propriété pour que vous preniez vos marques.

Comme nos cerveaux respectifs sont un peu engourdis[19], nous n'objectons rien et nous contentons de suivre la dame, qui a oublié d'être sympathique et de

---

[18] Je suis actrice. Je sais reconnaître les fausses intonations quand j'en entends !

[19] J'aimerais vous y voir ! Entre le décalage horaire, la chaleur ambiante, le choc d'être arrivées, nos cervelles ont fondu et se croient en vacances...

se présenter. Sur ce dernier point, Luc pourra peut-être nous renseigner. Nous contournons le bâtiment principal et nous nous éloignons du complexe hôtelier. Encombrés par nos valises, certes à roulettes mais pas tout-terrains, nous nous enfonçons dans une forêt de cocotiers en suivant un chemin de plus en plus défoncé... Arglll, je ne voudrais pas être pessimiste, mais je sens que le logement de la troupe va une fois de plus trouver une place de choix dans notre palmarès des ruines grandioses tout droit sorties d'un délire shakespearien[20]. À chaque fois que nous avons été logés dans des endroits éloignés de notre lieu de représentation, rien de bon n'en est advenu. Plus on cache la misère, plus il y a de misère...

Je jette un coup d'œil à mes acolytes et je constate qu'en dehors de Cyrielle, encore jeune et pure, les autres font des têtes me confirmant mon intuition. *Ce n'est pas aux vieux singes qu'on apprend à faire la grimace...*

ix minutes plus tard, les roues de certaines de nos valises n'ayant pas tenu le choc, nous sommes fixés. Une baraque hors d'âge, réparée de bric et de broc[21], va abriter la troupe pour les quatre semaines à venir. Punaise de malédiction des troupes inconnues !

Loin de se formaliser de l'état épouvantable du « logement »[22], notre employeuse, si je comprends

---

[20] Alerte au taudis ! Alerte au taudis !

[21] À moins qu'il ne s'agisse de l'œuvre d'un architecte fou et incompétent du même genre que l'Égyptien d'Astérix... C'est une ruine ! Une ruine moche qui plus est !

bien[23], nous détaille les lieux comme s'il s'agissait d'une annexe du château de Versailles[24].

— Vous êtes trop loin pour bénéficier du wifi de l'hôtel mais, sur vos temps de pause, vous pourrez vous connecter dans la salle de repos.

Trop aimable... Je sens la moutarde me monter au nez... À côté, Luc se racle la gorge avec discrétion, signe avant-coureur d'une montée en pression.

— Veuillez m'excuser, Madame Wagner, mais nous étions convenus d'un logement, certes commun, mais d'une grandeur de quatre-vingts mètres carrés et comprenant deux salles de bains. Il ne me semble pas que cette maisonnette remplisse ces conditions.

Madame Wagner, puisque tel est son nom, n'aurait pas semblé plus choquée si Luc lui avait craché à la figure. Comment ce saltimbanque ose-t-il remettre en cause la somptuosité de son abri de jardin ?

— Mais c'est exactement ce que je vous propose, réplique-t-elle d'un ton aigre. Cinquante mètres carrés à l'intérieur et trente mètres carrés de terrasse à l'arrière. Une salle d'eau à l'intérieur et une douche à l'extérieur.

Le gros rire de Serge éclate, imposant le silence à la forêt. Je crois que deux ou trois bestioles ont fait un arrêt cardiaque non loin de nous...

— Y a-t-il l'eau courante ou devrons-nous remplir nous-mêmes la douche extérieure ? demande-t-il avec un large sourire.

---

[22] Par respect pour les efforts de Luc, j'essaie d'être polie et optimiste... Profitez, je sens que cela ne va pas durer longtemps !

[23] Aucune salariée ne présenterait un tel taudis sans rougir...

[24] Restaurée l'annexe, pas dans son jus...

Comme je le disais précédemment, *ce n'est pas aux vieux singes qu'on apprend à faire la grimace...* Madame Wagner arbore une moue peu engageante.

— Il s'agit d'une douche de camping que vous devrez remplir avant chaque utilisation. Toutefois, comme je vous l'ai déjà dit, vous disposez d'un point d'eau dans la maison.

— C'est très généreux de votre part, commente Serge d'un ton sournois. Je ne doute pas une minute qu'un tel lieu enchanteur pourrait être loué un bon prix à des touristes.

Ne comprenant pas le second degré, Madame Wagner opine du chef, soulagée d'avoir enfin été comprise. Elle tourne les talons d'un geste sec et repart en direction de la civilisation sans ajouter un mot. Elle a assez usé ses cordes vocales pour accueillir les gueux que nous sommes.

Nous échangeons tous les cinq des regards un peu dépités, puis Muriel reprend du poil de la bête.

— Bien, nous avons l'habitude, tranche-t-elle dans le vif. Avant de nous installer et malgré nos onze heures de décalage horaire, une petite séance de nettoyage intensif s'impose, les enfants ! Haut les cœurs !

Nous soupirons de concert, alors que Muriel s'empare de son deuxième bagage où nous découvrons, un peu ébahis, un amoncellement de produits ménagers capables de récurer la pire crasse de l'univers. Dans sa grande sagesse, Mumu avait tout prévu.

*L*uc ne décolère pas. Pendant que Muriel fait l'inventaire de ses produits ménagers, il relit son exemplaire du contrat avec attention. Pour ma part, je fais le tour du propriétaire et prends quelques photographies, car notre charmante propriétaire ne s'est pas donné la peine de faire un état des lieux entrant[25]... Je fais le tour et constate que Madame Wagner ne nous a pas trompés... Quoique... À l'arrière du bâtiment, nous disposons d'une superbe terrasse en bois vermoulu et d'une douche grand luxe, constituée de deux panneaux en bois aux planches disjointes, le tout fermé par un vieux rideau plus ou moins transparent. Prudes s'abstenir. Heureusement, après vingt-deux ans passés avec Luc et Serge, nous n'avons plus de secrets les uns pour les autres.

— Chloé ! braille Muriel de l'autre côté de la bicoque.

Je fais une dernière photo et retourne vers la troupe. En vraie combattante de la crasse, Muriel a revêtu une paire de gants et un tablier, prête à affronter l'intérieur de la baraque. Elle râle quand je prends une photo d'elle ainsi vêtue. Pour une costumière[26], ce n'est pas forcément une bonne publicité.

— Qu'est-ce qu'il y a, Mumu ?

— As-tu peur des insectes ?

Je pense qu'il s'agit de l'une de ces questions où il faut réfléchir avec soin avant de répondre[27].

— Ça dépend.

---

[25] *Ce n'est pas aux vieux singes...* D'accord, je radote ! J'en ai un autre : *Chat échaudé craint l'eau froide.* Je ne tiens pas à ce que Madaaame Wagner insinue que nous avons dégradé sa ruine pour retenir une partie de nos cachets...

[26] Oui, Mumu est entre autres costumière...

[27] Ça sent le piège à mammouths, si vous me passez l'expression...

Muriel, qui n'est pas née de la dernière pluie, décide de contre-attaquer.

— Ça dépend de quoi ?

— Ça dépend de l'insecte. Je n'ai pas peur d'une mouche française, en revanche une blatte de compétition qui volerait partout, là, je ne serais pas à mon aise.

— Dommage. Je crois que c'est l'île des blattes de compétition. À ce niveau-là de blattes, on est même au-delà de la compétition terrestre. On est carrément bien placé au niveau extraterrestre.

Je sens un étrange frisson parcourir mon échine dorsale[28]. Il est vrai que je ne me suis pas intéressée à l'intérieur de notre « *home, sweet home* ». Il s'agit peut-être d'une erreur stratégique grave.

Un hurlement de cochon qu'on égorge retentit soudain, nous faisant toutes deux sursauter. Consternée, je me tourne vers la porte d'entrée d'où le son ignoble a surgi. Philosophe, Muriel conclut :

— Cyrielle a vu sa première blatte.

Ne souhaitant pas demander de plus amples explications à notre « costumière-coiffeuse-maquilleuse-régisseuse » et plus si affinités, je me dirige d'un pas peu sûr vers le cabanon et n'ai pas le temps d'entrer que Cyrielle me bouscule pour sortir en courant du cabanon, en battant des mains avec frénésie. Derrière elle, j'entends Serge tenter de la rassurer :

— Je t'assure, Cyrielle, ces blattes ne sont pas dangereuses !

----

[28] J'espère que ce n'est pas une blatte ! Oh, punaise ! Je sens que je vais les sentir grouiller partout !!!

— Elle s'est agrippée à mes cheveux ! hurle-t-elle, tout en fouettant l'air avec force et conviction, combattant un escadron invisible d'insectes.

OK, il faut que je prenne les choses en main et que j'aille examiner les spécimens qui hantent notre abri[29]. Je pénètre dans l'entrée et constate, les yeux collés au plafond, prête à faire face à n'importe quel type d'attaque sournoise, que jusqu'ici tout va bien. J'entre ensuite dans le « salon-salle à manger-salle de séjour » toutes options et, malgré une recherche assidue, je ne vois rien. Je commence à me demander si Cyrielle n'a pas imaginé son attaque d'insecte assoiffé de sang et de cheveux, quand j'entends du bruit provenant du couloir microscopique débouchant sur le salon. Forte d'une détermination héroïque, je m'approche. Luc sort soudain de l'une des deux chambres donnant sur le mini-couloir.

— Ne t'inquiète pas, Chloé. Avec Serge, nous prenons la chambre aux blattes[30]. Nous finirons bien par nous en débarrasser. D'après lui, elles sont inoffensives et sont juste désagréables, parce qu'elles volent et peuvent se poser sur toi.

Je confirme, ces blattes sont extrêmement désagréables ! Brrr, j'en frissonne d'avance... Punaise de punaise de bourge malveillante et vicieuse ! Oui, je parle de Madaaame Wagner ! Cette odieuse bonne femme qui juge qu'un taudis est assez bon pour des va-nu-pieds comme nous !

Ok, Chloé ! Respire, tu as déjà connu pire !

— Elles ressemblent à quoi vos blattes ? J'ai l'impression que ce sont des monstres.

---

[29] Oh punaise ! Pas les cheveux !

[30] Charmante dénomination, s'il en est... Punaise de dieu des artistes à la noix !

Luc hausse les épaules.

— Ce sont des bestioles de quatre ou cinq centimètres de long. Rien de catastrophique. D'après Serge, il faut davantage se méfier des scolopendres qui attaquent les blattes, parce qu'ils peuvent se montrer agressifs envers les humains et leurs piqûres font un mal de chien.

Trop d'infos tuent l'info... Je sens qu'une mise à jour du « manuel de survie de Chloé » va être nécessaire face à la faune locale. Je note donc :

1. La blatte n'est pas dangereuse, mais désagréable.

2. Le scolopendre est désagréable, mange la blatte et pique les humains.

En toute honnêteté, quand Luc nous a annoncé que nous partions à Bora Bora, je n'ai pas songé une minute aux insectes... Je crois que j'aurais dû me préoccuper de la question[31]... Mais vous êtes rigolos, vous aussi ! Moi, on me dit Bora Bora, je pense crème solaire respectueuse des océans[32], bikinis, paréos, lunettes de soleil et tongs. Je ne pense pas blattes, scolopendres et je ne sais quoi d'autre ! Oh punaise ! Vous croyez qu'il y a des araignées ? Et des serpents ? Vous croyez qu'il y a des serpents ? Misère de misère, je ne vais plus... Je hurle comme une folle quand un truc frôle mon bras. Je me retourne, prête à faire face à la mort, quand je trouve Muriel, armée de ses gants jaunes. La bataille contre la crasse et les insectes a débuté...

---

[31] Pfff, rien n'est parfait dans ce bas monde, ma pov'dame !

[32] C'est important ! Chaque année, ce sont des litres et des litres de crèmes solaires qui se déversent dans les océans... Beurk !

— Et bien, entre toi et Cyrielle, ça va être festif ce séjour...

> *Manuel de survie de Chloé*[33]
> *🌴 Spécial zone Pacifique 🌴*
>
> *Règle n°1. La blatte n'est pas dangereuse, mais désagréable. (Vole partout, s'accroche aux cheveux ! Beurk).*
>
> *Règle n°2. Le scolopendre est désagréable, mange la blatte et pique les humains. (Pas encore vu, mais beurk !).*

---

[33] Première mouture du tableau, mais je sens qu'il va y en avoir d'autres... Oh misère !

Deux heures plus tard, je suis atterrée. Bien évidemment, nous avons tous enfilé des paires de gants pour briquer la baraque au mieux de nos possibilités dans un temps très court, en plein décalage horaire, après trente heures d'avion... Bref, nous sommes au bout de nos vies ! En plus, le résultat n'est guère convaincant. En surface, le cabanon pouvait faire illusion[34]. Lorsque l'on frotte, l'enchantement s'évapore et la crasse apparaît. Certes, le climat tropical favorise les moisissures de toutes sortes. Toutefois, à ce stade de développement, ce ne sont plus des moisissures, mais une champignonnière[35].

Devant l'ampleur de la tâche, nous avons décidé de nettoyer en priorité la salle de bains (qui ne comprend en réalité aucun bain, mais simplement un lavabo avec une large bassine... Une salle d'eau donc...), les chambres, les toilettes et la cuisine. Pour la salle de vie, nous verrons demain. Idem pour la somptueuse

---

[34] Si, si ! Je vous assure. Par rapport à ce que nous avons trouvé, ça faisait illusion...

[35] À moins que le précédent locataire n'ait été le comte de Champignac, l'ami de Spirou... Oui, j'ai des références, je suis une littéraire, moi ! Quoi ? C'est très bien les bandes dessinées !

douche extérieure et la magnifique terrasse exposée plein vent. Heureusement que nous avons l'habitude de vivre les uns sur les autres, sinon la situation pourrait devenir désagréable.

Luc ne décolère pas. Sa contrariété est à la hauteur de sa désillusion... Le pauvret...

— Je suis outré, marmonne-t-il à tout bout de champ. J'ai vraiment l'impression de m'être fait avoir. Je comprends mieux pourquoi la troupe de l'année dernière n'a pas voulu revenir.

Serge hausse ses larges épaules dans un mouvement fataliste, mais ne commente pas.

— Ne t'inquiète pas, Luc, dis-je, nous avons l'habitude.

— Justement, ce n'est pas normal que nous ayons l'habitude d'être si mal logés et si mal traités de façon systématique à chacun de nos déplacements. Le problème, c'est qu'ici, nous n'avons même pas pu venir avec notre matériel habituel. Nous allons devoir faire avec les moyens du bord.

— Ce n'est pas grave, temporise Serge. Je vais aller faire le tour de l'île et voir avec les locaux comment nous pouvons améliorer notre quotidien.

— Je viens avec toi ! annoncé-je sans hésitation.

J'ignore pourquoi, mais je sens que cette balade va être instructive. Serge est de très loin le plus débrouillard d'entre nous. Il trouve toujours des astuces pour nous sortir de la panade.

— C'est parti, biquette.

« Biquette », c'est moi ! Serge a pris l'habitude de me surnommer ainsi car, dès la première année de conservatoire, j'avais l'habitude de foncer tête baissée dans tous les obstacles que je rencontrais. Comme mon caractère n'a pas évolué depuis le temps[36], le surnom m'est resté.

🌊 ☀ 🌴

Nous nous armons tous deux de grands sacs fourre-tout et décidons de poursuivre sur le chemin menant chez nous, pour nous enfoncer dans la forêt. En toute bonne logique si la piste continue, c'est qu'elle mène quelque part... ou pas.

Nous marchons en silence. Pas que nous n'ayons rien à nous dire, mais la chaleur est accablante[37]. Pourtant, il ne doit pas faire plus de vingt-quatre ou vingt-cinq degrés, mais l'humidité ambiante rend chaque mouvement difficile pour les Métropolitains que nous sommes. Nous transpirons d'abondance et buvons pour compenser, mais l'effort reste considérable.

— Il me semblait que nous étions en plein hiver austral, remarqué-je.

— C'est vrai, mais le climat tropical n'a rien à voir avec ce que nous connaissons en Métropole... Au bout de quelques jours, cela ira mieux.

J'acquiesce en silence, trop préoccupée par le fait de conserver mon souffle pour parler[38].

— D'après ce que m'a dit le jeune Metua, nous sommes sur un *motu*, un îlot constitué de débris coralliens et de sable. L'avantage, c'est que c'est isolé, l'inconvénient, c'est que c'est isolé.

---

[36] Quoi ? Je suis encore trop jeune pour devenir sage. Comment ça « à 45 ans, c'est foutu » ?

[37] Je transpire comme un phoque dans un sauna...

[38] Oui, il m'arrive de me taire...

Serge me fait un clin d'œil et je comprends la difficulté... L'avantage, quand on est à la recherche de calme, est qu'il n'y aura pas foule sur l'île, l'inconvénient est qu'en dehors du complexe hôtelier et de ses prestations, nous devrons prendre le bateau pour trouver autre chose... J'espère que notre *motu* est assez grand...

Après quelques efforts supplémentaires, nous atteignons une plage, mais pas une plage de sable fin... Aïe, je comprends mieux l'expression « débris coralliens ». Chaussures en plastique obligatoires ! Mes orteils se recroquevillent rien qu'à la vision de tous ces morceaux de coraux plus ou moins acérés... Même s'ils sont minuscules, j'ai l'impression que marcher dessus fera un mal de chien ! Genre Légo, le tranchant en prime...

— Tiens, regarde !

Serge tend la main vers un petit restaurant en bord de plage. Rien de très chic, mais l'établissement a l'air sympathique. Une large terrasse en bois, agrémentée de tables et de chaises en plastique blanc, fait face à la mer de turquoise et s'adosse à une petite cahute, pas très différente de notre logement. Nous nous approchons et, outre le traditionnel poivrot du coin vautré face aux vaguelettes d'azur, nous découvrons une carte simple, mais appétissante[39]... Miam ! Assiette de poissons crus au lait de coco, poisson cru à la chinoise, assiette de sashimis... Miam, miam... Oh, il y a même des desserts ! *Faraoa coco* – pain coco, *firi firi* – beignets sucrés, confiture de mangues (oh punaise !), confiture de bananes (ooooohhh)... *Vade retro,*

---

[39] Oui, j'ai toujours faim ! En plus, avec le décalage horaire, mon estomac et mes intestins ne savent plus où ils habitent.

sucreries ! Il ne faut pas que je me laisse tenter, sinon je ne rentrerai plus dans mon bikini[40] !

Serge me laisse baver devant la carte et se dirige vers le restaurateur. C'est un homme aux proportions assez exceptionnelles, puisque notre colosse des Antilles paraît un peu gringalet à côté de lui...

— *'Ia ora na*[41] ! lance le Tahitien.

— *'Ia ora na*, répond Serge.

Le large sourire de l'homme prouve qu'une fois de plus, nous avons bien fait d'apprendre quelques mots de la langue locale. C'est une habitude de longue date que nous avons prise dès le début de nos tournées. À chaque fois que nous nous rendons dans un pays avec une langue locale, nous nous astreignons toujours à apprendre quelques phrases toutes faites pour *a minima* saluer les gens et leur dire merci. Cette tactique nous porte chance et nous sommes toujours bien accueillis à travers le monde.

— Vous êtes français ? demande le restaurateur en nous désignant tous deux.

— Oui, nous sommes acteurs et nous vivons dans la cabane au bout du chemin.

L'homme acquiesce d'un air entendu. Il a dû voir passer plus d'un acteur, en quête d'un peu d'amélioration de son quotidien à l'hôtel.

— Alors, nous sommes amenés à nous voir quasiment tous les jours... Si je me souviens bien, les Wagner n'offrent qu'un repas par jour à leurs employés.

Serge me regarde en haussant les sourcils, mais je lui réponds par une grimace. Je n'ai pas plus

---

[40] « On s'en fout du bikini ! » dixit mon estomac et mes intestins en pleine révolte...

[41] *'Ia ora na* : Bonjour.

d'informations que lui à ce sujet. Toutefois, si tel est le cas, je sens que Luc va nous faire une jaunisse. Il me semblait qu'il nous avait parlé d'une pension complète au restaurant de l'hôtel...

— Rapaces ! bougonne le poivrot.

Le restaurateur nous montre l'homme avachi d'un coup de menton.

— Eugène est l'homme à tout faire de l'hôtel, il pourra peut-être vous renseigner.

Serge fait une moue dubitative, mais tente sa chance en allant questionner « l'homme à tout faire »... Cela explique beaucoup de choses sur l'état de notre bicoque... Pour ma part, je reste avec le Tahitien.

— *'Ia ora na*, salué-je à mon tour. Je pense que nous prendrons de quoi dîner chez vous pour ce soir.

Je replonge avec délice dans la carte et me dandine de bonheur devant toutes ces merveilles. Serge se rapproche, l'interrogatoire a été de courte durée... Il me décoche un sourire à faire pâlir le soleil[42].

— Dis tout de suite que la carte t'a tapé dans l'œil.

— C'est vrai ! Nous prendrons cinq assiettes de poissons crus au lait de coco à emporter, ainsi que cinq pains de coco et un pot de confiture de mangue, s'il vous plaît.

L'homme nous sourit et prépare notre commande.

— Quel est votre prénom ? m'intéressé–je.

— Raimana, et vous ?

— Chloé et Serge.

— Bienvenue à Bora Bora, Chloé et Serge. J'espère que vous passerez un agréable séjour.

---

[42] Et, pourtant, je vous assure que le soleil du Pacifique, c'est quelque chose !

Raimana roule les « r » comme nulle part ailleurs dans le monde. Je comprends le pouvoir d'attraction de la Polynésie française. Il y existe une sorte de douceur et de bonhomie tranquille, qui apaisent et dissolvent les soucis du quotidien. Je me surprends à soupirer tout en contemplant le lagon azuréen devant nous.

Faites que tout se passe bien, pensé-je par-devers moi. Mes pensées me ramènent vers les blattes et les scolopendres... Beurkkk... *Faites que tout se passe pour le mieux*, rectifié-je plus réaliste.

Puisque j'ai un Tahitien sous la main, autant en profiter pour prendre les renseignements désagréables...

— Raimana, puis-je vous poser une question, s'il vous plaît ?

— Bien sûr.

— Y a-t-il des insectes ou des plantes ou des animaux dont nous devrions nous méfier ?

— Le plus dangereux, c'est le poisson-pierre, mais si vous portez des chaussons de plage avec des semelles dures, tout ira bien.

Ok, je rajoute à ma liste des calamités polynésiennes le poisson-pierre...

— Les plus pénibles sur terre, ce sont les scolopendres et les moustiques...

Arglll, j'avais oublié les moustiques dans ma liste de calamités !

— Les scolopendres parce que leurs piqûres font très mal, les moustiques parce qu'ils sont porteurs de plein de maladies...

Oh, punaise ! Ma liste de calamités grandit à vue d'œil...

— Et puis, bien sûr, il y a les requins...

Bah évidemment ! Il manquait les requins...

— Les requins ? relancé-je notre restaurateur.

Il me regarde comme si je posais une question un peu stupide mais, bon prince, m'explique :

— Les requins ne sont pas dangereux la plupart du temps mais, depuis quelques années, des imprudents les attirent près des côtes pour l'observation sous-marine. Le problème c'est que, même si le *feeding* est interdit, certains continuent à nourrir les requins. Du coup, certaines espèces dangereuses se sont sédentarisées et, s'ils ne trouvent pas assez à manger, ils peuvent devenir hostiles envers les humains.

OK, si je résume une bande de nazes attire des requins près des côtes en les nourrissant, alors que c'est interdit...

— Vous voulez dire que certains touristes paient pour nager avec des requins ? intervient Serge.

Raimana hausse ses larges épaules.

— Oui.

— Nager avec des requins en dehors des cages d'observation... insiste Serge pour être sûr d'avoir compris toute la subtilité de la chose.

— Abrutis, braille Eugène sans nous accorder le moindre regard.

Là, je ne peux pas lui donner tort.

— Oui, confirme le Tahitien sans sourciller. Entre ceux qui continuent à pratiquer le *feeding* de façon illégale et ceux qui utilisent le *smelling*, nous avons plus de requins aujourd'hui qu'avant.

D'accord, j'essaye d'intégrer les informations, mais mon corps fait un léger rejet[43]. Pourtant, je n'ai rien

---

[43] Un vieux reste du film « Les dents de la mer », je suppose... Tous les scientifiques de France, de Navarre et de plus loin ont eu beau assurer sur tous les tons que c'était une pure fiction, il reste

contre les requins. Ce sont des animaux anciens, utiles et la plupart du temps inoffensifs pour les humains. Toutefois, de là à nager avec ces nobles créatures marines, il y a un pas que je ne franchirai pas[44].

— Qu'est-ce que c'est le *smelling* ? m'intéressé-je.

— Ils attirent les requins avec des odeurs de poissons.

J'acquiesce avec calme... Il faudra que je réfléchisse à tête reposée à cette curiosité... Quel intérêt ces gens peuvent-ils trouver à nager avec des requins ? Concernant les commerçants, je comprends : l'appât du gain. Je suppose qu'une plongée sous-marine en compagnie de requins se vend plus cher qu'une simple observation de poissons multicolores. Concernant les clients, l'intérêt de l'activité me paraît lié à un goût du risque un peu malsain, l'envie de frimer en rentrant de vacances[45] et, pour être plus positive, la fascination pour la faune marine. Toutefois, je discerne au moins un avantage réel à cette observation insolite : ceux qui paient pour nager avec les requins seront peut-être plus enclins à les protéger... Pour ma part, j'ai toujours respecté le vivant, qu'il me ressemble ou pas. Malheureusement, ce n'est pas le cas de tous mes congénères...

— Du coup, il y a peut-être moins de massacres de requins... supposé-je.

Raimana tend nos plats à Serge, qui les range aussitôt dans son sac. Dans sa grande générosité, il me

---

encore des générations de traumatisés... Merci Steven Spielberg ! Je ne vous félicite pas !

[44] Même avec des chaussures en plastique solides !

[45] Vous savez les aventuriers du dimanche qui racontent leurs exploits à la machine à café... Mais oui, nous connaissons tous ce genre de nuisibles...

confie le pot de confiture de mangue, pour que je l'enfouisse dans mon propre sac cabas... Faut faire attention, je risque le claquage avec tout ce poids ! Je lance un regard noir à Serge, mais l'animal me connaît bien, il feint de n'avoir rien remarqué. Il sait que s'il avait tout pris dans son sac, j'aurais râlé... Là, j'ai un pot de confiture à porter, trop dur !

— Vous pourrez en parler au professeur Wellington, précise Raimana. Il loge dans le même hôtel que vous et il étudie l'impact de ces pratiques sur la population de requins...

Le professeur Wellington... D'accord, ce sera sûrement intéressant ! J'ai toujours aimé apprendre des choses, c'est mon côté fouine obsessionnelle, comme dit Marc[46].

Nous saluons Raimana, puis regagnons notre cabane dans les bois...

---

[46] Vous savez, James Bond...

Manuel de survie de Chloé[47]

🏝 Spécial zone Pacifique 🏝

Règle n°1. La blatte n'est pas dangereuse, mais désagréable. **(Vole partout, s'accroche aux cheveux ! Beurk).**

Règle n°2. Le scolopendre est désagréable, mange la blatte et pique les humains. **(Pas encore vu, mais beurk !).**

Règle n°3. Les moustiques sont teigneux et porteurs de maladies. **(Punaise de saletés de bestioles !)**

Règle n°4. Porter de grosses chaussures lors des baignades pour éviter la piqûre du poisson-pierre... **(Mes orteils se recroquevillent de plus belle).**

Règle n°5. Les requins... **(Aucune explication nécessaire sur ce point... Quoique...).**

---

[47] Et voilà, première journée à Bora Bora et déjà cinq règles dans mon nouveau manuel de survie... Pfff, ça promet !

*L*e temps de notre promenade, le reste de la troupe a finalisé le nettoyage de notre « résidence » tropicale. Luc est toujours boudeur, certain de ne pas avoir accepté ce genre de conditions ; Muriel est fataliste, trop habituée aux déboires de la troupe ; quant à Cyrielle, nous la retrouvons toute pimpante et joyeuse. Il faut dire que notre blondinette est dotée d'un bon caractère à toute épreuve, ce qui en fait une compagne de tournées très agréable. Elle chantonne un air inconnu, probablement de son invention, et finit de briquer la cuisine telle une Blanche-Neige perdue sous les tropiques. Seul petit bémol, les mésanges ont été remplacées par des blattes volantes...

Nous déposons nos achats sur le comptoir de la cuisine américaine, c'est-à-dire que je dépose un pot de confiture et Serge le reste, puis nous racontons notre petite escapade aux autres. Cyrielle semble passionnée par le petit restaurant, que nous sommes parvenus à dégotter. J'observe notre blondinette et me demande si elle n'a pas un faible pour les Tahitiens. Je me promets d'étudier le sujet dans les jours qui viennent, ce qui me fera un mystère bien inoffensif à résoudre[48].

Nous dressons la table à l'intérieur, bien à l'abri des moustiquaires, ayant déjà affronté assez de bestioles pour la journée. Alors que Serge fait surgir de je-ne-sais-où cinq bières[49], je m'aperçois que Luc tripote un document avec colère.

— Qu'est-ce que c'est ? demandé-je à mon directeur de troupe préféré[50].

Ses épaules s'affaissent en un signe d'impuissance.

— Le contrat. Je ne comprends pas où j'ai pu me faire avoir.

— Luc, ce n'est pas la peine de te mettre martel en tête. Un logement était prévu, nous en avons un, même s'il n'est pas aussi luxueux ou propre que nous aurions pu l'espérer. Nous avons connu bien pire...

— Ah ça ! confirme Muriel. Mon cher Luc, peux-tu me citer une seule fois où nous avons été logés de façon convenable par nos employeurs ? Entre les granges poussiéreuses, les greniers pleins d'araignées ou les logements grand luxe à la belle étoile, je trouve que nous nous en sortons plutôt bien cette fois-ci.

— Oui, mais il nous manque un lit, intervient Cyrielle.

Je suis stupéfaite par cette information.

— Comment ça, « il nous manque un lit » ? questionné-je.

Le rouge monte aux joues de Luc.

---

[48] Pour ceux qui l'ignoreraient, je suis une grande fan de mystère. Rien que le mot me fait trépigner sur place comme une gosse.

[49] Il a toujours eu une compétence spéciale pour le ravitaillement.

[50] D'accord, il n'y en a qu'un, mais ce n'est pas une raison. Même s'ils étaient cinquante, Luc serait mon préféré.

— Il n'y a que deux lits une place dans chaque chambre. L'un de nous va devoir dormir dans le hamac...

Je comprends vite pourquoi Luc est rouge comme une tomate. Muriel n'est pas assez souple pour dormir dans un hamac, Cyrielle a le vertige[51], ne parlons pas de Luc, notre petit rondouillard préféré, reste donc que le colosse des Antilles et moi. Si le colosse ne veut pas finir par terre dans un hamac troué, il reste Bibi ! Youhou ! J'ai encore gagné le gros lot !

— Et il est installé où ce hamac ? grogné-je.

Le regard de Luc dévie vers l'un des murs du salon où je découvre un gros anneau en train de pendouiller. Et crotte...

— Tu peux dormir dans la chambre avec Serge, si tu veux, me propose Luc, mais il y a des blattes.

J'ai donc le choix entre un lit avec le colosse des Antilles, qui ronfle comme un contre-torpilleur, blattes en prime, ou un hamac dans le salon.

— Non, ne t'inquiète pas, je vais prendre le hamac.

Je vais être très bien dans ce hamac... J'ai toujours entendu dire que l'on dort merveilleusement bien dans ce genre de lits suspendus. Je vais avoir quatre sublimes semaines pour tester l'engin. Par acquit de conscience, je positionnerai quand même quelques coussins dessous. On ne sait jamais. Un faux mouvement est si vite arrivé en pleine nuit.

Le problème du lit étant réglé[52], nous entamons nos bières et nous détendons. La soirée s'annonce joyeuse mais courte, puisque nous sommes attendus à la première heure dès le lendemain.

---

[51] Oui, même à soixante-dix centimètres du sol...

[52] Au grand soulagement de tous, je le constate à leurs mines réjouies, bande de traîtres...

*J*e suis installée dans mon hamac, bercée par son doux mouvement, et je prends le temps de faire le point sur notre arrivée. J'ai été surprise par la tombée de la nuit aux alentours de dix-huit heures, puis j'ai réfléchi au fait que nous étions en plein hiver austral. En toute bonne logique, les jours sont plus courts en hiver.

Contrairement aux désillusions de Luc, je considère pour ma part que nous sommes plutôt bien logés pour une fois. Certes, le cabanon est un peu décrépi et était franchement sale en arrivant mais, avec un peu d'huile de coude, la situation s'est améliorée. Il faut bien avouer que Muriel a été impériale aujourd'hui[53]. J'ignore comment elle s'y est prise, mais elle a amené la moitié de notre camion de tournée en soute. J'en veux pour preuve son sac rempli à ras bord de trucs en tous genres. Entre les produits ménagers, ceux nécessaires au maquillage, au coiffage, les accessoires, quelques costumes supplémentaires et autres curiosités[54], j'ignore ce qu'elle a pu apporter pour elle.

Concernant les autres membres de la troupe, nous étions tous convenus que l'un de nos bagages serait dédié à nos propres costumes et accessoires, le deuxième étant consacré à nos affaires personnelles. Réunir en un seul sac le bazar nécessaire pour quatre semaines n'a pas été une mince affaire dans mon cas. J'ai l'habitude de voyager lourd. Toutefois, cette fois-ci,

---

[53] Comme souvent... Celle qui s'est autoproclamée notre maman de tournée, bien qu'elle n'ait que six ans de plus que moi, nous protège comme si nous n'étions que de pauvres oisillons plumeux... Drôles de têtes les oisillons...

[54] Le fameux « on ne sait jamais, ça peut toujours servir ! »...

j'ai été aidée par l'absence de mes choupis[55], le mois de juillet ayant été accordé à leur charmant papa. Oui, « charmant » est ironique. Bref, je ne vais pas vous raconter les détails de notre divorce chaotique. Sachez simplement que, pour éviter le scandale, Pierre-Marie Martin du Desclin[56] a accepté de divorcer de ma petite personne à l'amiable. Depuis lors, nous entretenons le minimum de rapports nécessaires au bien-être des enfants. J'aurais aimé qu'il en soit autrement, mais entre sa famille de dégénérés meurtriers, ses coucheries avec ma prétendue meilleure amie et ses coups bas pendant la procédure, j'en ai soupé de cet imbécile[57].

Pour me concentrer sur des choses plus positives, je compte bien profiter de ces quatre semaines au paradis pour décompresser et jouir de la vie[58]. Pour la première fois depuis je ne sais combien d'années, je suis seule et je vais pouvoir m'occuper de ma petite personne. Alors, le destin peut bien me prévoir ce qu'il veut, je vais être très bien à Bora Bora. Le bruit du vent dans les cocotiers me berce et je me laisse plonger dans un sommeil réparateur.

---

[55] J'ai oublié de vous dire, j'ai deux enfants Philippe, âgé de neuf ans et demi, mon blondinet d'amour, et Clotilde, âgée de six ans et demi, ma choupie d'amour. Ils vont bien, se sont habitués à leur nouveau statut d'enfants de parents divorcés et apprécient notre nouvelle vie. Marc a même réussi à se faire accepter… Il faut dire qu'avec sa moto et son allure de James Bond, il a des arguments !

[56] Si, si, c'est son nom… Vous comprenez pourquoi j'ai tenu à reprendre mon nom de jeune fille à l'issue de la procédure.

[57] Oui, ce n'est pas correct d'appeler son ex-mari « imbécile », mais je suis dans ma tête et dans mon hamac, alors je fais ce que je veux.

[58] Non ! Pas comme ça ! Rhooo !

*Vendredi 31 juin – Temps magnifique. Journée...
Merdique, oui je crois que c'est le mot...*

Nous nous sommes levés à l'aube pour pouvoir passer à tour de rôle dans la salle d'eau... La seule petite difficulté, en dehors de l'absence de douche ou de baignoire, c'est que nous ne pouvons pas dire que nous soyons aspergés par la puissance du jet sortant du robinet. C'est une catastrophe... Je ne vais jamais réussir à laver ma tignasse châtaine avec ce misérable filet d'eau. Punaise, elle commence à me plaire la Wagner.

De guerre lasse, nous avons fini par utiliser le lavabo de la cuisine pour tenter d'arriver à l'heure. Serge a promis de venir entre midi et deux mettre la douche extéricurc cn bon état de fonctionnement. Quand je lui ai demandé comment il s'y prendrait pour obtenir une pause de deux heures, il s'est contenté de me faire un clin d'œil et d'affirmer :

— Madame Wagner m'accordera cette pause.

Avec tout autre que Serge, j'aurais pris cette affirmation pour de la forfanterie. Toutefois, connaissant notre colosse des îles, il a toujours gain de cause avec les femmes. Ne me demandez pas comment il s'y prend, je ne lui ai jamais posé la question[59].

🌊 ☀ 🌴

À l'heure convenue, nous arrivons à l'accueil de l'hôtel pour subir aussitôt les récriminations de Madame Wagner. Parfaite dans son ensemble ivoire[60], nous sommes quasi éblouis par la quincaillerie qu'elle porte autour du cou, des poignets, des doigts, des chevilles... Bref, la panoplie complète de la croqueuse de diamants...

— Vous avez deux minutes de retard, s'enflamme-t-elle sans nous saluer.

Non, vous voyez, je ne retirerai pas un mot de ce que je viens de penser...

Alors que Luc change de couleur, Serge éclate de rire. C'est l'une de ses grandes techniques pour désamorcer les situations explosives. Déstabilisée par le rire tonitruant de notre géant, Madame Wagner arrête ses reproches et se contente d'une grimace peu amène.

— Bref, vous veillerez à être à l'heure à l'avenir.

D'accord, elle insiste... Je ne pense pas que nous allons être copines... Coup d'œil rapide à Luc, qui ne va pas pouvoir desserrer sa mâchoire d'ici peu, c'est donc à moi de jouer.

— Sauf erreur de notre part, Madame Wagner, vous ne nous avez pas précisé les animations que nous devions assurer pendant quatre semaines. Je sais que

---

[59] En fait, je préfère ne pas savoir... Oui, c'est lâche !

[60] Elle ne doit pas trop bosser quand même pour garder cette couleur impeccable... Oui, je suis mauvaise langue et alors ? Je sais reconnaître une feignasse quand j'en vois une !

l'improvisation fait partie du travail d'acteur mais, pour la qualité de nos interventions, il serait bon que nous sachions *a minima* à quoi nous en tenir.

Madame Wagner tourne son attention vers moi et me détaille de pied en cap. Baskets blanches, première grimace, bermuda bleu marine, deuxième grimace, polo blanc, troisième grimace, ma face, attention elle va vomir !

— Animations ? Qui vous a parlé d'animations ? Si vous croyez que je vous paie pendant quatre semaines pour le pauvre spectacle que vous ferez le soir, je pense que vous n'avez pas bien compris votre contrat. Vous êtes là pour renforcer l'équipe et, accessoirement, animer les soirées pour les clients qui souhaiteront voir du *stand up*.

Stupéfaction et Trafalgar ! De quoi nous parle cette mégère ? Re-coup d'œil à Luc, je pense que nous sommes en train de le perdre.

— Vous avez une conception un peu étrange du management, Madame Wagner, continué-je. Si je vous comprends bien, vous engagez une troupe d'acteurs professionnels pour faire du *stand up*, ce qui ne constitue en rien le travail habituel d'une troupe de théâtre, et pour, je reprends vos mots, « renforcer votre équipe » ? J'ai une annonce à vous faire. J'ai lu le contrat et nous ne renforcerons rien du tout. Si vous n'avez pas besoin de nous en journée pour un travail d'animation lié au théâtre, nous n'interviendrons que le soir pour des représentations théâtrales. Puisque, selon toute vraisemblance, vous n'avez rien prévu relevant du domaine artistique, nous allons préparer le programme des animations de ce soir à vendredi soir pour que vous puissiez l'afficher dans le hall à l'intention de vos clients. Je vous souhaite une bonne journée.

Sa Majesté en reste bouché bée, à deux doigts de baver d'indignation. Oui, je sais être cassante quand j'en ai besoin. Les casse-pieds, qui confondent les acteurs avec des sous-fifres corvéables à merci, ne m'impressionnent plus. J'en ai trop rencontré pour qu'il me fasse encore le moindre effet. De la même manière, les importuns qui confondent les actrices avec, au choix, des gogos danseuses, des prostituées, des escortes ou toutes autres variantes, merci bien, j'en ai aussi assez vu pour toute ma vie[61].

J'observe l'effet de ma petite tirade sur notre charmante employeuse et constate avec une certaine satisfaction qu'elle frôle la crise d'apoplexie. Re-Re-coup d'œil à Luc, il reprend des couleurs. Tout va bien de ce côté-là.

— Comment osez-vous ! se met à hurler la Wagner.

Je reporte mon attention sur la furie de l'enfer qui s'offusque.

— J'ose en application du droit français. Reprenez le contrat que vous avez signé, la dernière clause précise que notre accord est soumis au droit français et relèvera, en cas de conflits, du tribunal compétent dans le ressort de la cour d'appel de Bordeaux.

Un gargouillis sort de la bouche de Madame Wagner. J'ai toujours aimé l'effet extraordinaire qu'a cette clause d'attribution de compétence sur les escrocs en tous genres que nous croisons. La plupart signent les contrats sans prêter la moindre attention à ces petits détails. Détails qui prennent toute leur importance lorsque nous nous retrouvons isolés à Bora Bora avec une larronne, qui imaginait nous imposer ses quatre volontés de par cet isolement. Dommage ! Nos

---

[61] Voire pour plusieurs vies, en fonction de vos croyances.

contrats sont en béton et plus d'un aigrefin s'y est déjà cassé les dents !

— Cela ne se passera pas comme cela, hurle-t-elle. C'est une honte ! Je ne me laisserai pas faire !

Elle braille tout en claquant des talons dans le hall, nous abandonnant à notre triste sort[62]. Enfin, quand je dis à notre triste sort, je plaisante. Au lieu de faire les chambres, la plonge et autres joyeusetés qu'elle avait imaginées pour nos journées, nous allons nous promener dans l'hôtel et repérer les lieux.

— Tu es sûre de toi ? s'inquiète Cyrielle.

J'observe notre blondinette avec intérêt.

— Tu penses vraiment qu'avec plus de vingt-deux ans d'expérience, nous avons un contrat autorisant nos employeurs temporaires à nous faire faire n'importe quelle tâche qui leur viendrait à l'esprit ?

Cyrielle réfléchit à l'argument, alors que Serge éclate de rire.

— Vous vous souvenez quand ils ont voulu faire de moi un maître-nageur sauveteur sous prétexte que je n'avais qu'à me glisser dans la peau du personnage ?

Luc parvient à glousser.

— Et quand ils pensaient que je pourrais faire un excellent voiturier ? s'amuse-t-il.

— Ou quand le patron m'a demandé une prestation nue sur le bar, soupiré-je.

Luc et Serge me considèrent avec attention

— C'est arrivé à plusieurs reprises, n'est-ce pas ?

— Et oui, confirmé-je. Mais maintenant, je suis tranquille !

Luc s'étonne de cette nouvelle.

---

[62] Comprendre une journée de répétitions à Bora Bora... Ça va, je pense que nous devrions survivre !

— Pourquoi ? ose-t-il avec une légère grimace, se demandant s'il veut réellement entendre la réponse.

— Parce que c'est Cyrielle la chair fraîche désormais !

Ils éclatent tous de rire, sauf notre blondinette qui râle.

— Ah, mais certainement pas ! s'indigne-t-elle. Je n'ai pas fait les Beaux-Arts et le conservatoire pour ce genre de prestations !

— Ne t'inquiète pas, Cyrielle, notre contrat est en béton armé, lui glissé-je avec un clin d'œil.

Nous nous apprêtons à sortir du bâtiment, quand un homme tout sec nous fait signe.

Nous le laissons nous rejoindre, prêts à affronter une deuxième salve d'hostilités. Pourtant, il n'en est rien. Le monsieur nous salue avec un large sourire. Il doit avoir une trentaine d'années, malgré les mèches grises qui ornent ses tempes[63]. Il a de fines lunettes sur le nez et un regard vif. Qui qu'il soit, il sera peut-être plus simple de discuter avec lui qu'avec Madame Wagner.

— Bonjour, je suis confus de la méprise qu'il y a eue tout à l'heure avec Madame Wagner, mais il est bien évident que nous vous avons engagés dans le strict respect de vos compétences artistiques. Je suis Sylvain Ducret, le directeur de l'hôtel.

Il nous tend la main à tour de rôle et, quand vient mon tour, j'apprécie sa poignée de main franche et directe.

— Si vous voulez bien me suivre dans mon bureau, je souhaiterais évoquer avec vous le programme de vos

---

⁶³ Tu m'étonnes ! Travailler avec une telle mégère...

représentations, ainsi que les animations en journée pour enfants et adultes.

Rassérénés par ces paroles, nous emboîtons le pas au directeur de l'hôtel, en espérant obtenir un peu plus d'informations sur notre lieu de résidence et la pension complète à laquelle nous aspirons. Le petit-déjeuner de ce matin a été frugal, puisque nous nous sommes contentés de café soluble et de galettes de riz, heureusement agrémentées de confiture de mangue... Je pense que je vais retourner voir Raimana dès ce soir et faire quelques réserves, on ne sait jamais[64]...

Lorsque nous passons dans le couloir, par habitude, je jette un coup d'œil aux photographies exposées et constate qu'il s'agit de l'historique de l'hôtel. Chaque année au 14 janvier, un cliché de l'ensemble de l'équipe est pris devant le bâtiment principal... La première date de 1998. J'observe les différentes photographies et discerne quelques visages récurrents. Parmi eux, je retrouve le pochetron d'hier soir... D'après ce que je vois, Eugène, l'homme à tout faire, fait partie de l'établissement depuis plusieurs années... Je suis à la traîne, les autres n'ayant prêté aucune attention à cet historique des équipes de l'hôtel. La prochaine fois que je passerai dans le couloir, je prendrai le temps de toutes les observer. La permanence des équipes est toujours un bon signe... L'inverse étant tout aussi vrai !

Pour le moment, nous suivons Monsieur Ducret à toute vitesse vers son bureau. C'est un homme pressé.

---

[64] Oui, ce sont toujours mon estomac et mes intestins qui parlent.

*M*onsieur Ducret est un homme certes pressé, mais c'est aussi un homme efficace et organisé. Chaque matin et chaque après-midi nous devrons animer deux ateliers, un pour les enfants et un pour les adultes, relatifs à l'expression orale, à la prise de parole en public et à l'affirmation de soi. De plus, chaque soir, nous devrons assurer une représentation d'environ une heure et demie.

Comme durant les quatre semaines de notre présence, aucun touriste ne reste deux semaines d'affilée, nous pouvons mettre au point un programme de représentations que nous reproduirons de semaine en semaine. C'est un point positif. En revanche, les exigences de notre employeur sont importantes en termes de qualité. Sur les sept représentations en soirée, nous devons prévoir deux classiques, une pièce moderne, deux comédies et deux soirées d'improvisation avec tirage au sort de mots incongrus à intégrer à des scènes et autres joyeusetés pour faire participer le public. Je n'irais pas jusqu'à dire que c'est un point négatif, mais heureusement que nous avons quelques années d'expérience derrière nous ! Les pièces de théâtre ne s'apprennent pas en une soirée, contrairement à ce que semble imaginer Monsieur Ducret. En outre, même si nous avons apporté beaucoup de costumes, il ne va pas être simple de pourvoir à toutes les exigences de notre employeur.

— Amateurs, grommelle Luc.

Muriel, qui était restée silencieuse jusque-là, enfonce le clou :

— Le mot est faible...

Dire que c'est moi qui aie la réputation d'être râleuse...

Quand nous débouchons dans le hall, une charmante Tahitienne nous fait signe de la main. Elle a des cheveux d'une longueur et d'une beauté extraordinaire. Une délicate fleur de *tiaré Tahiti* orne son oreille gauche. Quand elle est près de nous, je comprends que cette dame doit être métisse. Elle a les traits fins, la peau plus claire que les autres Tahitiens que nous avons rencontrés, et ses yeux sont verts, ce qui en fait une beauté rare.

— Bienvenue !

Nous reconnaissons aussitôt la voix de l'aimable personne que Serge a interrogée pour s'assurer que Luc ne nous faisait pas une plaisanterie. Elle a une voix douce et chantante inimitable.

— Je suis Tahia Montclair, la gouvernante. Si vous avez la moindre question, n'hésitez pas à venir me voir ou vous pouvez vous rapprocher de mon mari, Paul Montclair, le concierge.

J'ai entrevu un monsieur dans le hall tout à l'heure, les cheveux brun et très courts, qui est parti en courant quand il a vu l'esclandre que nous faisait Madame Wagner... C'est certainement lui qui a prévenu le directeur de l'hôtel.

— Je vais vous conduire dans vos salles de répétitions, annonce-t-elle. Vous proposerez vos animations dans ces salles durant votre séjour.

Tahia se dirige vers la sortie du bâtiment et nous invite à la suivre. Le soleil nous éblouit un instant, mais nous continuons notre avancée à l'aveugle, non sans une certaine vaillance. Nous contournons le bâtiment d'accueil et filons tout droit vers l'immense piscine du complexe hôtelier... Punaise, c'est vraiment très beau...

— Si vous avez besoin de matériel, n'hésitez pas à vous rapprocher de mon mari, Paul, d'Eugène, l'homme à tout faire, ou de moi. Nous ferons tout notre possible pour que votre séjour se déroule de la plus agréable des façons.

— Puisque vous le proposez si gentiment, intervient Serge, pourriez-vous nous trouver un rideau de douche très large, afin que nous puissions rendre notre cabine de douche extérieure un peu plus opaque.

Tahia ouvre de grands yeux, en pleine incompréhension.

— Je ne comprends pas, finit-elle par articuler. Où êtes-vous logés ?

Je sens l'entourloupe du siècle se refermer sur nous. Piège à mammouths n°2 en place !

— Dans la cabane à mi-chemin du restaurant de Raimana, précise-t-il.

Tahia a un hoquet indigné et roule des yeux ronds très expressifs.

— Mais je ne comprends pas... Nous ne logeons plus personne dans... Enfin... Mais qui vous a conduits là-bas ?

— Madame Wagner, répondons-nous en chœur.

Piège à mammouths n°2 déclenché ! Une belle brochette de mammouths a été capturée, j'ai nommé la troupe des « Shakespeare en pire » au grand complet !

Tahia pince les lèvres, les fines ailes de son nez palpitant doucement. Cette femme est d'une beauté à tomber... Du coin de l'œil, je vois Cyrielle se concentrer sur les traits de la gouvernante. Quand elle disait avoir fait les Beaux-Arts, ce n'était pas une plaisanterie. Elle a un sacré bon coup de crayon et je suis certaine qu'elle est en train de photographier mentalement la Tahitienne pour la dessiner plus tard...

— Je vais demander à Luana et Nina de nettoyer la cabane. J'ignorais que vous seriez logés là-bas et je suppose que le logement n'était pas...

— C'était sale, tranche Muriel. Mais, je vous rassure, nous avons passé plusieurs heures hier à nettoyer. Toutefois, un coup de main ne serait pas de refus pour améliorer les lieux.

Tahia acquiesce avec embarras.

— Je suis vraiment désolée pour l'accueil qui vous a été fait. Je vais demander à Paul et à Eugène de passer à la cabane pour réparer ce qui doit l'être et rendre la douche extérieure plus... intime. Je suppose qu'il n'y avait pas de linge non plus quand vous êtes arrivés.

Nous faisons non de la tête dans un bel ensemble.

— Et je veux bien un lit, si vous en avez un, interviens-je.

— Un lit ? Mais vous avez dormi où ?

— Dans un hamac, mais ça va, j'ai bien dormi.

Elle dodeline de la tête, un peu confuse.

— Monsieur Wagner sera très mécontent. Madame Jessica n'a pas le droit de prendre ce genre d'initiatives. Nous avons une réputation à tenir et... Je vous laisse commencer votre préparation dans les salles et je vais vérifier si je ne peux pas vous loger ailleurs...

Elle file comme le vent et nous échangeons quelques regards mi-dépités, mi-fatalistes. Si « Madame Jessica » a jugé bon de nous coller dans la cabane désaffectée, c'est qu'elle a eu l'opportunité de louer le bungalow qui nous était dévolu... Jessica Wagner... Je me demande si c'est la fille ou l'épouse ou autre de ce mystérieux Monsieur Wagner... Oui, je sais, je suis une fouine obsessionnelle...

D'un commun accord, Cyrielle et Luc ont décidé de se charger des cours d'expression théâtrale pour enfants et je fais équipe avec Serge pour les ateliers de prise de parole en public et d'affirmation de soi pour les adultes. Notre installation est confortable, puisque nous disposons d'une salle dans un bungalow luxueux donnant sur l'immense piscine du complexe hôtelier. Je me suis toujours demandé pourquoi les palaces en bord de mer disposaient de piscines. Pour la première fois, je comprends leur utilité. Les plages de Bora Bora n'étant pas de sable fin, à l'exception de quelques rares baignades artificielles de certains hôtels de luxe, l'existence d'une piscine tout confort ouverte sur un panorama paradisiaque est un avantage pour l'établissement.

Depuis deux heures que nous travaillons, nous avons pu observer un bon nombre des résidents de l'hôtel, quelques membres de l'équipe, identifiables par leurs uniformes blancs floqués du logo du « Bora Bora Lodge Prestige », ainsi que quelques fournisseurs venus livrer leurs marchandises. Pour la fouine que je suis, ce point de vue central sur les allées et venues de tout un chacun est très appréciable. J'ai déjà réussi à identifier qui travaille ou qui ne travaille pas dans les équipes de l'hôtel. À l'accoutumée, certains passent leurs journées à tenter d'échapper à leurs tâches, d'autres font leur part et bien plus encore[65]. Dans la première catégorie, Eugène me semble tenir le haut du panier. Ivre mort dès le potron-minet, il traîne de bungalow en bungalow, apportant un clou, puis constatant avec dépit qu'il a oublié le marteau. Une efficacité redoutable cet Eugène[66]... En revanche, l'époux de Tahia, Paul, un homme sec et nerveux, court partout, agit d'un côté, de l'autre, fonce à travers le complexe au volant d'une espèce de voiturette de golf, passe par-ci, puis revient par-là... Bref, il fait son travail et celui d'Eugène en prime...

En milieu de matinée, Tahia nous a rendu visite pour nous confirmer ce que nous savions déjà : l'hôtel est plein et nous devons rester là où nous sommes. En revanche, Paul a entrepris des travaux d'urgence et les femmes de ménage vont tenter d'améliorer notre situation, notamment en nous apportant du linge de l'hôtel et un lit d'appoint. Youpi !

*L*a matinée file ainsi et, forts de l'assurance du directeur de l'hôtel que nous bénéficions bien d'une pension complète, nous retrouvons

---

[65] Dit celle qui est supposée aider Serge à mettre au point un programme d'animation pour adultes. Mauvaises langues ! Je suis encore capable de faire plusieurs choses en même temps !

[66] Non, je ne suis pas une peste de compétition. Même Serge s'en est aperçu et a ricané dans sa barbe.

Muriel devant le bungalow à midi et demi, prêts à affronter le restaurant de cet hôtel de prestige[67].

— Vous allez être contents en rentrant ce soir ! annonce-t-elle. Paul nous a installé une mini-baignoire à l'intérieur en lieu et place de la bassine ! Il s'occupe aussi de la douche extérieure et va essayer de la terminer pour ce soir. Quant à Luana et Nina, ce sont des filles en or. Elles travaillent vite, bien et elles t'ont apporté un lit, Chloé ! Quant aux blattes, elles nous conseillent d'adopter deux ou trois geckos. Des petits lézards drôlement sympas. Luana nous en a trouvé deux qu'elle a installés dans la chambre de Serge et de Luc pour qu'ils s'occupent du gros des insectes.

Donc, pour lutter contre les blattes, il faut adopter des lézards... Je le note...

Alors que nous nous dirigeons vers le restaurant, nous nous apercevons que nous ne sommes pas les seuls à avoir cette idée. Une sorte de procession s'est mise en marche vers le grand bungalow situé un peu après la piscine. La bâtisse alliant tradition du Pacifique et modernité est magnifique. Sur pilotis, le grand pavillon bénéficie d'un toit en palmes de cocotiers, mais l'intérieur est très occidentalisé et un rien graphique. Le mobilier gris et blanc se fond dans les couleurs traditionnelles des murs.

Quand nous arrivons, la salle est déjà bien pleine. Nous cherchons du regard une éventuelle pièce pour les employés, mais ne trouvons rien. J'en déduis que Raimana a raison de soutenir qu'habituellement, les acteurs ne bénéficient que d'une demi-pension. Je

---

[67] J'ai faim !

54

pense que Luc a très bien négocié notre contrat, contrairement à ce qu'il croit.

De guerre lasse, nous nous installons à une table, puis nous nous rendons vers le buffet. Punaise de punaise ! Tout me fait envie. C'est quand même une catastrophe d'être gourmande comme une chatte et de grossir rien qu'en posant le regard sur une part du gâteau. Pour tenter d'être raisonnable ou, du moins, de faire illusion, je m'empare d'une belle assiette de sashimis, puis je jette mon dévolu sur du poisson cru au lait de coco[68]. Pour dessert, je me suis emparée d'une belle coupe de salade de fruits tropicaux, où je reconnais des morceaux de mangues, de papayes, d'ananas et des fameux pamplemousses verts. Puis, comme j'ai été très raisonnable, je prends un beignet à la patate douce[69].

Lorsque nous nous installons à table, je constate que j'ai été la plus raisonnable du groupe. Fichtre, cela ne m'arrive pas tous les jours... Deviendrais-je pondérée avec l'âge ? Déjà que je suis celle qui a le moins râlé, je commence à me demander si je ne couve pas quelque chose...

— C'est magnifique, soupire Cyrielle.

— C'est vrai, confirme Muriel. Franchement, Luc, je ne sais pas comment tu t'y es pris pour nous obtenir cet engagement, mais je crois que cela restera l'un des meilleurs souvenirs de toute ma vie.

Luc en reste figé, pétrifié alors qu'il allait engloutir une énorme crevette.

— Mais, le logement, réussit-il à articuler.

---

[68] Je crois que je vais m'en gaver jusqu'à mon départ.

[69] Le premier qui fait une remarque sur la diététique ou je ne sais quoi d'autre, je le mords !

Serge hausse ses larges épaules, résumant bien l'opinion de tous.

— Ne reste pas arc-bouté sur le logement, tranche-t-il. Il y a quelques points à améliorer, mais rien de catastrophique.

— Pour ma part, je trouve que tu t'es débrouillé comme un chef, ajouté-je pour enfoncer le clou.

Miam, ces sashimis sont un délice...

Un hurlement retentit dehors. Franchement, on ne peut jamais manger tranquille...

Comme un seul homme, l'ensemble des convives se tourne vers la porte d'entrée du bungalow d'où le son épouvantable est parvenu. Un homme quitte sa table et se précipite vers l'extérieur, rompant la fixité qui s'était emparée de chacun. Nous nous ruons tous vers la porte, mais les gens se sont déjà accumulés et nous ne pouvons rien voir. Je me précipite de l'autre côté pour regarder par la fenêtre ce qu'il se passe.

L'horreur.

Un homme se débat dans des flammes, qui ne font que se répandre de plus en plus sur lui. J'ouvre la fenêtre, l'enjambe et saute, me réceptionnant tant bien que mal en bas. Je me jette à la poursuite de la torche humaine, qui se dirige à l'aveugle vers le seul lieu qui pourrait le sauver : la piscine. Malheureusement, au dernier moment il tourne et s'en éloigne. Je ne réfléchis pas. Je fonce dans le tas, sens le feu se refermer sur moi, alors que je nous précipite dans l'eau si parfaite de la piscine. L'instant d'avant, je sentais les flammes et l'odeur de brûlé s'emparer de moi et, soudain, la libération. L'eau salvatrice annihile toute brûlure, rafraîchit ma peau, qui commençait à chauffer, et éteint les quelques flammèches qui s'étaient accrochées à mes cheveux. Je m'intéresse alors au corps que je tiens toujours entre mes bras et, m'accrochant davantage encore à lui, je nous fais remonter tous deux d'une bonne poussée dans le fond.

Dès que ma tête émerge, je prends une large inspiration. Je constate que plusieurs hommes se sont jetés à l'eau à notre suite et se rapprochent de nous très rapidement. Metua est le premier à nous rejoindre et s'empare du corps de la personne que je tiens contre moi. Libérée de ce poids, je me dirige vers Serge que je vois accroupi au bord de la piscine. En quelques brasses, je le rejoins.

— Ça va, ma biquette ?

Serge s'empare de moi et me sort de l'eau, comme si je ne pesais rien[70]. Il m'inspecte sous tous les angles, mais je me sens bien. En dehors d'une brûlure sur la joue et les avant-bras, quand j'ai plaqué le monsieur, je crois que je n'ai pas grand-chose... Je tords le bas de mon polo trempé... Super, à peine arrivée, déjà en compétition pour Miss T-shirt mouillé... Punaise de punaise !

— Putain, biquette, ton mec va me tuer !

Je reporte mon attention sur Serge. De quoi parle-t-il ? J'avais bien remarqué des messes basses entre Marc et lui, mais je n'imaginais pas que j'étais l'objet desdites messes basses... Je me contente de me renfrogner et de fixer Serge sans parler.

— Marc m'a demandé de veiller sur toi, soi-disant parce que tu as une compétence spéciale pour te mettre dans la mouise... Je ne suis pas loin de rejoindre son

---

[70] Ce qui n'est pas le cas ! Avec mon presque mètre quatre-vingt (avec talons tout de même), je ne passe pas inaperçue...

opinion. Qu'est-ce qui t'a pris de foncer sur cette torche humaine ?

— Ce n'est tout de même pas ma faute si personne n'a le bon réflexe. Si on voulait sauver ce monsieur, il n'y avait pas trente-six solutions. C'était la piscine ou la mort. Ce fut donc la piscine et je ne vais pas m'excuser d'avoir sauvé quelqu'un, quoi que toi ou Marc en pensiez !

Serge est surpris par ma virulence, puis il est embarrassé. Je sais que c'est la peur qui l'a fait parler. Toutefois, connaissant Marc, mon compagnon James Bond, il va me casser les pieds avec cette histoire durant les quinze prochaines années[71].

Je reporte mon attention sur la victime et constate qu'une petite foule s'est agrégée autour d'elle. Je me dirige droit vers le corps étendu à même le sol et constate avec stupéfaction qu'il s'agit d'Eugène, l'homme à tout faire. Il est mal en point mais, par chance, il portait d'épais vêtements de travail et des gants, qui l'ont peu ou prou protégé des brûlures. Je ne dirais pas qu'il est moins brûlé que moi, mais presque.

Il baragouine quelque chose de sa voix pâteuse. Je m'accroupis à côté de lui pour essayer de comprendre. Une flaque se forme autour de moi...

— Essence... pas à place...

Je l'observe de près, mais son regard est perdu dans le vide.

— Vous vous êtes brûlé parce que l'essence n'était pas à sa place ? questionné-je.

Metua, toujours à ses côtés, sursaute et me scrute d'un regard ébahi.

---

[71] Oui, c'est un méga casse-pieds. Par contre qu'est-ce qu'il est canon...

— Broui... Essence ! Essence !

D'accord. L'essence n'était pas à sa place, cela pourrait expliquer qu'il se la soit renversée dessus... Ivre comme il est, la moindre modification de ses habitudes peut entraîner un faux mouvement. Toutefois, cela ne m'explique pas comment il s'y est pris pour l'enflammer...

Mon instinct de Miss Marple me dit d'observer les gens qui nous entourent. D'un bref regard circulaire, je scanne les hommes et les femmes qui se sont attroupés autour de nous. Une majorité de touristes à n'en pas douter. Parmi les employés, seul Metua est présent. Il me semble avoir vu Paul du coin de l'œil, mais il a disparu, probablement à la recherche de qui de droit...

- Pardon, Mesdames et Messieurs, je vous prie de bien vouloir nous laisser passer...

Qu'est-ce que je disais... Sylvain Ducret, le directeur de l'hôtel, ouvre le passage à une civière portée par Paul et un Tahitien, que je ne connais pas. Les deux hommes placent Eugène avec délicatesse sur le brancard et le soulèvent, non sans difficulté. Le bonhomme n'est pas un poids léger. Ils repartent vers le bâtiment d'accueil, qui comprend aussi la partie administrative. Il y a peut-être un petit dispensaire là-bas... À cet égard, je ne me suis jamais posé la question de la présence d'une éventuelle équipe médicale... Puisque nous sommes sur un îlot isolé, je me demande où se trouve le médecin le plus proche. S'il faut prendre le bateau ou l'avion à chaque fois qu'on a un bobo, Bora Bora devient beaucoup moins drôle soudain...

— Comment allez-vous, Madame ?

Sylvain Ducret me scrute à la recherche de blessures. J'observe mes avant-bras mais, à part quelques poils roussis, je n'ai pas à me plaindre. Cela aurait pu être beaucoup plus grave...

— Je vais bien.

— Si vous le souhaitez, nous emmenons Eugène au centre médical de Vaitape, voulez-vous vous faire ausculter ?

— Franchement, je n'ai mal nulle part. Je vous remercie, mais je préfère rester ici...

— Comme vous voulez, Madame.

Le directeur tourne les talons et s'éloigne vers le ponton. J'ignore où se trouve le centre médical de Vaitape par rapport à l'hôtel mais, pour quelques brûlures légères, un peu de biafine devrait suffire. En revanche, quand les curieux se seront dispersés, j'aimerais bien jeter un coup d'œil à l'atelier d'Eugène... Où est passé Metua ? Disparu... Bon, je vais me débrouiller...

— Où est-ce que tu crois aller toute seule, biquette ?

Rhooo, mais ce n'est pas Dieu possible. Maintenant que je n'ai plus James Bond sur le dos, il m'a collé un substitut au train ! Grrr !

— Je vais me changer et passer de la biafine...

Serge a l'air surpris, puis il acquiesce d'un hochement de tête. Chouette, il est plus facile à berner que James Bond. Je m'éloigne donc en toute quiétude, à la recherche de l'atelier d'Eugène.

Manuel de survie de Chloé[72]

✝ Spécial zone Pacifique ✝

Règle n°1. La blatte n'est pas dangereuse, mais désagréable. **(Vole partout ! Beurk).**

Règle n°1 bis. Contre les blattes, adopter des lézards...

Règle n°2. Le scolopendre est désagréable, mange la blatte et pique les humains. **(Pas encore vu, mais beurk !).**

Règle n°3. Les moustiques sont teigneux et porteurs de maladies. **(Punaise de saletés de bestioles !)**

Règle n°4. Porter de grosses chaussures lors des baignades pour éviter la piqûre du poisson-pierre... **(Mes orteils se recroquevillent de plus belle).**

Règle n°5. Les requins... **(Aucune explication nécessaire sur ce point... Quoique...).**

Règle n°6. Toujours avoir de la biafine dans les bagages. **(Sert en cas de coups de soleil, de rencontres malencontreuses avec une torche humaine...).**

---

[72] Ok, il va falloir que j'agrandisse mon tableau... Punaise, il grossit à une vitesse exponentielle !

Chapitre 7.

Un nouveau Watson tout neuf !

*J*e me dirige vers notre cabanon puis, une fois que je suis certaine que Serge ne m'observe plus, je reviens vers le complexe hôtelier. Rhooo ! Je dégouline partout ! S'il vient l'idée à Serge de vérifier ce que je fais, il n'aura qu'à suivre les gouttes d'eau. Il aura une belle piste, bien balisée vers biquette... Bref, plan B : Focus et concentration[73]. En partant du restaurant, je devrais pouvoir trouver le bungalow ou la cabane servant d'atelier à Eugène. Compte tenu des flammes qui l'entouraient, il n'a pas pu venir de très loin...

En m'éloignant à peine, je trouve un cabanon dont la porte est ouverte. Plan A : Silence et observation. Je respire à pleins poumons, mais aucune odeur d'essence ne s'en échappe... Bizarre... Alors que je jette un coup d'œil à l'intérieur, une main s'écrase sur mon épaule. Faites que ce ne soit pas Serge, sinon il ne va plus me

---

[73] Oui, je reprends ma liste des plans de survie de Chloé ! C'est utile en toute occasion, je vous les conseille. Pour ceux qui ne connaissent pas, jetez un coup d'œil à ma petite histoire d'Halloween !

lâcher du séjour, avec la bénédiction de Marc en plus[74] !

Je me retourne et fais face à une caricature de surfeur australien. Très grand, bien bâti, les dents blanches *ultra white*, yeux verts, teint hâlé, le garçon a pris toutes les options. Il me toise de toute sa hauteur, mais je ne me laisse pas impressionner. Personne ne pourra jamais égaler mon ancienne belle-famille question toisage[75]. Ils sont hors compétition et déclarés vainqueurs sans combat.

— Puis-je vous aider ? demandé-je à l'importun.

Il paraît surpris. Quoi ? Tu as l'habitude que toutes les femmes tombent en pâmoison à tes pieds ? Raté ! Avec moi, ça ne sera pas si facile[76] ! Nul n'empêche Miss Marple de mettre son nez là où elle veut, y compris dans les ennuis si ça lui chante !

— Non, dit-il avec un fort accent australien, mais j'aimerais bien savoir ce que vous faites....

Je me redresse de toute ma hauteur, mais il est quand même plus grand que moi ce connaud ! Grrr ! Hé, arrête de zieuter mes seins à travers mon T-shirt mouillé, malappris ! En plus, tu ne verras rien puisque je porte un maillot de bain dessous !

— Pourquoi ? Vous faites partie de la police ? rétorqué-je.

---

[74] James Bond ou, plutôt, Marc est tellement pénible qu'il est capable de prendre l'avion pour venir me botter les fesses en personne.

[75] Oui, les Martin du Desclin ! Pour ceux qui ne connaissent pas, je vous conseille de jeter un coup d'œil à ma petite enquête de Noël. Ça vous fera relativiser vos repas avec votre belle-famille !

[76] Il faut dire que j'ai déjà essayé le gendre parfait (un fin de race complètement dégénéré) et James Bond (le modèle français, jaloux comme un pou en prime), alors mon mignon, tu peux reprendre ton sourire *ultra white*, tes muscles ainsi que ta belle gueule et aller jouer ailleurs ! Non mais !

Évidemment, s'il me répond « oui », là je suis mal, mais franchement, ça m'étonnerait... Chemise blanche, manches retroussées, bermuda beige, baskets en toile... Pas très réglementaire l'uniforme...

Tiens, il a l'air penaud ! Touché !

— Non, et vous ?

Grrr ! Non, mais je suis la réincarnation de Miss Marple ! En fait, je suis son incarnation en plus sexy, puisque nous parlons tout de même d'un personnage de fiction atypique : la petite mémé anglaise au cerveau suréquipé pour élucider les crimes ! Revenons à nos moutons ou, plutôt, au connaud qui m'a interrompue !

— Non, donc nous sommes tous les deux dans l'illégalité, comme nous venons explorer sans mandat une potentielle scène de crime.

La mâchoire du blondinet cède un instant, puis il s'esclaffe.

— D'accord, Miss Marple ! Nous sommes deux fouineurs impénitents. Puis-je savoir ce qui vous a mise sur la piste ?

Un bon point, il m'a reconnue. Un mauvais point, il veut me faire parler... Bon...

— Je veux bien qu'il soit assez ivre pour se renverser de l'essence dessus, mais comment s'y est-il pris pour l'enflammer ?

Le blondinet se renfrogne.

— Il fumait ?

Je lui fais les gros yeux ! Je sens que ce nouveau Watson va être encore plus nul que le précédent !

— Vous ne me ferez pas croire qu'un homme à tout faire fume en entrant dans son atelier, alors qu'il sait qu'il va manipuler de l'essence. Personne n'est ivre à ce point... De plus, les rares mots qu'il a articulés une fois sorti de la piscine faisaient état d'un changement de place de l'essence...

Le blondinet fixe les vêtements trempés et, soudain, la lumière fut.

— Vous êtes la femme qui a poussé Eugène dans la piscine !

Punaise ! Il n'est pas rapide le garçon ! Heureusement que tu as une jolie bouille, Watson, parce que question capacité de déduction, il va falloir travailler sec.

— Bien, puisque nous sommes tous les deux d'accord sur la marche à suivre, je vous propose d'observer l'intérieur du cabanon. Et s'il y a un piège, essayez de ne pas tomber dedans...

Watson est un peu stupéfait. D'évidence, il n'est pas habitué à céder la direction des manœuvres. Je fais un pas dans le cabanon en me méfiant. Même si, selon toute vraisemblance, le piège s'est refermé sur Eugène, je ne tiens pas à être une victime collatérale s'il est encore en état de fonctionnement. Vu le Watson tout benêt que je me traîne, mieux vaut être prudente.

Curieusement, le cabanon est assez bien rangé. Cela m'étonne un peu de la part d'un homme ivre mort en permanence, mais pourquoi pas ? Après tout, si Eugène est assez intelligent pour gérer son ivrognerie au quotidien, il doit être assez organisé pour ranger son atelier afin, par exemple, de ne pas confondre les produits dangereux. Je comprends la logique de la chose. D'où l'intérêt qu'il ait remarqué que son essence avait été changée de place. Je suppose que si Eugène prête une attention particulière aux produits dangereux, l'essence en fait partie.

— Savez-vous si Eugène est fumeur ?

Le grand blond avec des tennis blanches me fait un signe négatif de la tête.

J'observe une tache sombre sur le sol. Pas de doute, c'est ici qu'Eugène a pris feu. Mais comment ? Sur le sol, un bidon d'essence s'est en partie écoulé... mais ça ne sent pas l'essence et cela n'a pas flambé... Qu'est-ce que c'est que ce pataquès ? Je me baisse et plonge mes doigts dans le liquide encore contenu par le bidon. Ça, ce n'est pas de l'essence. Je sors du cabanon pour pouvoir sentir l'odeur des résidus sur le bout de mes doigts. Rien. Je ne comprends pas. Ou alors...

Je retourne dans le cabanon sous le regard perplexe de Watson.

— Pouvez-vous m'expliquer ce que vous faites, demande-t-il.

— Mon cher Watson, vous constaterez que le bidon ici présent ne contient pas d'essence, puisque si tel avait été le cas, il n'y aurait plus de cabanon.

— Stewart.

— Pardon ?

— Je ne m'appelle pas Watson, je m'appelle Stewart... Stewart Wellington...

— Oh, le spécialiste des requins ! Je voulais vous rencontrer pour discuter de ces nobles créatures mais, pour le moment, nous avons plus pressé. Je m'appelle Chloé Lefebvre, enchantée de vous rencontrer professeur Wellington.

— Stewart. Je ne suis pas professeur, je suis doctorant. De plus, il est inutile de me donner du « professeur », alors que je ne comprends rien à ce que vous faites.

Ok, le beau gosse est vexé comme un pou. Dans ma collection personnelle des beaux gosses vexés que je sois plus rapide qu'eux en déduction, je viens d'ajouter le prof australien spécialiste des requins. Je commence à avoir un joli échantillonnage finalement.

— Eugène m'a dit que l'essence n'était pas à sa place. Quand j'entre dans ce cabanon, je constate qu'un bidon est à terre et qu'il porte une étiquette où il est écrit « essence ». En toute bonne logique, le liquide qui s'est répandu sur le sol devrait en être, mais cela n'en est pas. Pourquoi ? Tout d'abord, parce que si ce liquide avait été de l'essence, quand Eugène a pris feu, l'ensemble du cabanon se serait enflammé avec lui, embrasant le liquide répandu sur le sol. En outre, comme nous sommes arrivés juste après le forfait, le criminel n'a pas eu beaucoup de temps pour effacer ses traces et le liquide resté dans le bidon me prouve qu'il ne s'agit pas d'essence, puisqu'il n'y a pas d'odeur et que les résidus ne sont pas du tout huileux. Je ne sais pas ce que c'est, mais si vous me demandiez de me prononcer, je vous dirai qu'il s'agit d'eau tout simplement. Donc, nous sommes face à un petit mystère. Si le bidon ne contenait pas d'essence, où était le liquide qui s'est embrasé et qui a aspergé Eugène, puisque la marque sombre sur le sol démontre que l'accident a eu lieu ici.

Stewart, puisque tel est son nom, me regarde avec les yeux ronds, un peu ahuri le garçon.

— Je vous ai surnommée Miss Marple pour me moquer de vous mais, en fait, vous en êtes une.

Comment ça pour se moquer de moi ? Grrr ! Espèce de surfeur de pacotille !

— Si je vous suis bien, continue-t-il, quelqu'un a provoqué l'accident d'Eugène et, sans votre intervention, il aurait peut-être succombé à ses brûlures...

Dans le mille, Émile !

— Et si c'était moi ? propose-t-il.

J'observe Stewart. Je pense que mon regard parle pour moi.

— Je pourrais très bien être un meurtrier, ose-t-il argumenter.

Je colle mes poings sur mes hanches et affronte la provocation de mon nouveau Watson.

— Très bien, admettons. Vous êtes le meurtrier. Puis-je savoir ce que vous êtes en train de faire ici ?

Le blondinet cherche l'inspiration au-dessus de ma tête.

— Je viens effacer mes traces.

— C'est-à-dire ?

— Puisque le bidon d'essence n'en contient pas, je viens enlever ce que j'ai utilisé pour piéger Eugène.

— Super, et puis-je savoir ce que vous voulez enlever du cabanon ?

Stewart se concentre et observe les établis derrière moi. Bien Watson ! Moi aussi, j'ai cherché l'objet du délit sur cet établi. Le problème...

— Ah, je vois. Le ménage a déjà été fait.

— Et oui. Le tueur nous a déjà précédés, à moins que vous ne soyez un meurtrier qui revient deux fois de suite sur les lieux de son forfait...

Pas impossible, il a l'air très couillon... Je me retourne et scrute de nouveau l'établi d'Eugène. D'après les traces, quelque chose s'est enflammé sur l'établi et a été projeté en direction de la victime. C'était un liquide, ça a coulé le long de l'établi et ça a fait une flaque qui a laissé la trace sur le sol.

— Trop tard, conclut Watson.

— Oui, trop tard pour cette fois...

Je tourne les talons et sors du cabanon. Il est temps que j'aille passer des vêtements secs.

Manuel de survie de Chloé[77]

🌴 Spécial zone Pacifique 🌴

Règle n°1. La blatte n'est pas dangereuse, mais désagréable. (Vole partout ! Beurk).

Règle n°1 bis. Contre les blattes, adopter des lézards...

Règle n°2. Le scolopendre est désagréable, mange la blatte et pique les humains. (Pas encore vu, mais beurk !).

Règle n°3. Les moustiques sont teigneux et porteurs de maladies. (Punaise de saletés de bestioles !)

Règle n°4. Porter de grosses chaussures lors des baignades pour éviter la piqûre du poisson-pierre... (Mes orteils se recroquevillent de plus belle).

Règle n°5. Les requins... (Aucune explication nécessaire sur ce point... Quoique...).

Règle n°6. Toujours avoir de la biafine dans les bagages. (Sert en cas de coups de soleil, de rencontres malencontreuses avec une torche humaine...).

🌴 🌴 🌴 🌴 🌴

Rappel des plans de survies de base

Plan A : Silence et observation.

---

[77] Bon, ben on continue... Punaise, il va faire combien de pages ce manuel ?

Plan B : Focus et concentration.

J'ai à peine le temps de faire quelques pas dehors que Watson se met à me suivre. Pfff, c'est un complot ! Pourquoi tous les Watson du monde se liguent-ils contre moi ?

— Je vais me changer, Stewart. Je ne pense pas que le meurtrier soit dans notre bungalow...

— Ce n'est pas encore un meurtrier, remarque Watson sans se préoccuper le moins du monde de ce que je lui suggère[78].

— C'est vrai mais, malheureusement avec ces gens-là, une tentative ratée n'est qu'un encouragement à recommencer.

Maintenant que nous savons en gros le « comment », reste à définir le « pourquoi » et le « qui »...

Tout d'abord, est-ce qu'une autre personne qu'Eugène aurait pu être visée ? demandé-je.

J'observe ce nouveau Watson pendant qu'il réfléchit... Est-il honnête ou pas ? L'avenir me le dira...

— Je ne pense pas, finit-il par dire. Eugène a toujours été très susceptible sur son cabanon. Il disait que tout était organisé pour qu'il n'y ait pas de

---

[78] Oui, d'aller se faire voir ailleurs, mais mon approche est trop subtile...

problème, comprendre que, même saoul comme cochon, il se retrouve dans son bazar... Il interdisait à quiconque d'entrer.

J'acquiesce d'un hochement de tête.

— Donc, c'est Eugène qui était visé.

— Cela n'a pas de sens. C'est juste l'homme à tout faire...

Je jette un regard peu amène à Watson. Ce genre de réflexions creuses ne fait pas avancer le raisonnement.

— Comme c'est l'homme à tout faire, comprendre « personne », il n'y a pas d'intérêt à le tuer, si je vous suis bien ?

Stewart fait une drôle de grimace. Comme un gosse qui serait pris sur le fait en pleine bêtise.

— Ok, je comprends, dit-il. Donc, quelqu'un veut blesser, voire tuer Eugène. Sur ce point, je ne vais pas pouvoir vous aider. Je suis arrivé il y a dix-huit mois sur l'île pour finaliser mon doctorat en ichtyologie et j'ai peu eu l'occasion de discuter avec lui. Depuis que je suis arrivé, je ne l'ai jamais vu réellement sobre.

D'accord, Eugène est un alcoolique notoire, ce qui ne suffit pas à caractériser une personne. Deuxième point : dix-huit mois, ce n'est pas si mal, surtout sur un îlot où les locaux ne sont pas nombreux... Deux hypothèses : soit Stewart est un misanthrope qui préfère converser avec les requins, soit il ne veut pas me parler... D'accord, je n'ai pas envie de lui parler non plus.

— D'après ce que j'ai vu sur les photographies dans le couloir de l'administration, reprends-je, Eugène fait partie des employés de l'hôtel depuis de nombreuses années. Est-ce que vous savez quelque chose sur sa vie ?

Stewart a une grimace peu encourageante.

— Je sais qu'il est français, célibataire à ma connaissance, peu apprécié par les autres employés de l'hôtel.

C'est un début.

— Comment savez-vous qu'il n'est pas apprécié ?

— Quand on reste plusieurs mois dans un hôtel, on fait un peu partie des meubles. Les employés ne font plus vraiment attention à moi, comme si j'appartenais à l'équipe. À plusieurs reprises, j'ai entendu l'un ou l'autre se plaindre de l'inaction d'Eugène face à un problème, qui lui avait été signalé. Que ce soient des fuites d'eau, une ampoule grillée ou d'autres menues réparations, Eugène met des semaines à intervenir, ce qui contrarie beaucoup le reste de l'équipe.

Tenter de griller l'homme à tout faire parce qu'il ne fait pas grand-chose me paraît un peu disproportionné...

— Rien d'autre ? relancé-je mon nouveau Watson tout neuf.

Il hausse les épaules. Ça y est, j'ai atteint le seuil d'incompétence de ce Watson. Il est nul...

— Des disputes ? Des maîtresses ou des amants rancuniers ? Des problèmes de dettes ?

Il me regarde avec des yeux de bulots[79]...

— D'accord, prenons le problème sous un autre angle, reprends-je. À qui devrais-je parler pour obtenir ce genre de renseignements ?

Moue d'ignorance de Watson... Pfff... Faut vraiment tout faire soi-même !

Nous arrivons à notre bungalow tout pourri et Stewart en reste bouche bée.

---

[79] Et encore, je me demande si les bulots ne sont pas plus expressifs...

— C'est là qu'ils vous logent ? s'exclame-t-il avec gêne.

— Oui et encore vous n'avez pas vu notre superbe douche d'extérieur !

Il ouvre grand ses yeux verts et grimace.

— Je comprends mieux pourquoi Eugène se plaint tout le temps de Madame Wagner en disant qu'elle est avare... Sa générosité à mon égard a un peu faussé mon opinion sur elle...

Générosité ? J'ai du mal à associer ce mot à Madaaame Wagner... « Rapace », comme le disait Eugène, me semble plus approprié... D'ailleurs, c'est intéressant... Il y a de nombreux adjectifs pour qualifier l'avarice, mais Eugène en a choisi un avec une connotation menaçante... Je pense que je vais devoir m'intéresser de très près aux Wagner, parce que ce qualificatif peu flatteur leur était adressé à tous les deux... Revenons à mes moutons ou, plutôt, à mon Watson.

— Qu'a donc fait Madame Wagner pour que vous la considériez comme généreuse ?

Stewart a l'air un peu ennuyé, puis il avoue dans un souffle :

— Je suis étudiant, je n'ai pas beaucoup d'argent... Mais Jessica Wagner m'a quand même octroyé à titre gracieux un beau bungalow pour le temps de mon séjour...

Houlà, si je hausse encore les sourcils, mes yeux vont jaillir de leurs orbites... Jessica Wagner, la Jessica Wagner qui nous loge pendant quatre semaines dans un abri de jardin quasi insalubre, a octroyé au pauvre étudiant australien au physique avantageux un bungalow à titre gratuit pour le temps de son séjour... Mouais... Vous ai-je dit que *ce n'est pas aux vieux singes qu'on...* Ah d'accord, je radote... Du coup, ça fait de moi un vieux singe expérimenté...

Sous mon regard, Stewart rougit jusqu'en haut des oreilles.

— Ce n'est pas ce que vous croyez ! s'indigne-t-il.

Peut-être de ton côté, mon mignon, mais je peux t'assurer que Madaaame Wagner ne doit pas être satisfaite de son investissement, si tu ne lui offres pas la bonne contrepartie... Bref, Stewart me fait un peu de peine pour le coup... Sans le sou, il n'a pas pu refuser une telle offre mais, maintenant, il se retrouve coincé avec une réputation peu flatteuse, qu'il assouvisse ou pas les fantasmes de sa propriétaire... Je comprends mieux pourquoi il dit ne pas trop connaître les résidents de l'îlot, malgré ses dix-huit mois de séjour. Ce genre de réputation a tendance à vous isoler...

— Pendant que je me change, essayez de réunir tous vos souvenirs sur Eugène. Cela nous fera gagner du temps...

Conscient que je lui offre une porte de sortie honorable, mon Watson australien hoche la tête avec vigueur et s'installe sur une chaise en plastique devant l'entrée de notre bungalow. Je rentre dans notre magnifique demeure et prie pour qu'il n'y ait pas de blattes volantes dans la salle d'eau...

🌊 ☀ 🌴

*I*l me faut un petit quart d'heure pour ressortir. J'ai étalé une belle noisette de biafine sur ma joue, qui s'orne désormais d'une jolie brûlure... Ça m'apprendra à plaquer une torche humaine... Je suis assez étonnée de trouver mon Watson toujours installé et qui n'a pas bougé. Il faudra qu'un jour, on m'explique pourquoi j'ai toujours un homme, qui se colle dans mes pattes, pendant que j'enquête. Vous me direz, le cas de figure arrivait quasi systématiquement à Miss Marple elle-même... Au final, il faut peut-être y voir un signe qu'on réfléchit mieux avec un Watson. Cela nous oblige à mettre nos pensées au clair pour les expliquer à notre petit compagnon[80].

— Avez-vous quelques renseignements à me donner sur Eugène ?

Stewart fait un signe négatif de la tête.

— Tant pis. J'espère juste que j'aurais le temps de rencontrer Eugène et de lui parler...

Stewart me fixe d'un regard sombre.

— Avez-vous envisagé qu'il ait pu accidentellement se mettre le feu ?

— Oui, mais nous en revenons au début de notre conversation : comment un homme à tout faire peut-il être maladroit au point de se renverser de l'essence dessus et, comble de malchance, d'y mettre le feu simultanément ? Comme Eugène ne me paraît pas suicidaire, que, vous l'avez constaté vous-même, le bidon ne contenait pas d'essence et que le contenant, s'étant renversé sur Eugène, a disparu, la conclusion s'impose... À moins que...

Je pique un sprint vers le cabanon d'Eugène. Heureusement, les distances sont courtes sur l'île. J'arrive sur place, essoufflée comme un buffle asthmatique, et débute la recherche du contenant disparu en suivant la route hypothétique, que la victime a suivi pour s'approcher de la piscine. Stewart sur les talons, j'entends :

— Mais qu'est-ce que tu fais encore ?

---

[80] Pas au sens physique du terme, au sens déductif...

Luc, mon directeur rondouillard d'ami, me scrute d'un air suspicieux, les bras croisés sur la bedaine.

— Est-ce que tu aurais vu une bouteille ou un bidon ou quoique ce soit d'autre qui aurait pu contenir de l'essence ?

Luc me regarde les yeux ronds.

— Ah non, tu ne vas pas recommencer !

Je sens que Watson à côté est un peu confus.

— Recommencer quoi ? s'intéresse-t-il.

— À résoudre des mystères, s'indigne Luc. Il y a la police pour cela, Chloé !

Je ne me donne même pas la peine d'argumenter. Cela ne servirait à rien. Je préfère poursuivre mes recherches. Si nous trouvons le contenant, il pourrait s'agir d'un accident au final.

— As-tu vu quelqu'un nettoyer ce coin ? poursuis-je comme si de rien n'était.

Luc refuse de répondre. Qu'est-ce qu'ils sont pénibles ! Je hausse les épaules et me désintéresse du directeur de notre troupe.

— Si je comprends bien votre raisonnement, il faut que nous vérifiions si la victime n'a pas emporté avec elle le contenant, qui lui a explosé dessus ?

Il est bien ce Watson. Au moins un qui suit le raisonnement !

— C'est ça.

Il hoche la tête et s'éloigne dans la direction du cabanon.

Toutefois, au bout d'un quart d'heure de recherche, nous devons admettre notre défaite. Je jette un coup d'œil à ma montre et constate qu'il est temps que je rejoigne Serge pour continuer à préparer les animations. Mon enquête passera après le travail.

— On se retrouve ce soir ? me propose Stewart.

Je l'observe avec attention. Je ne sais toujours pas dans quel camp tu joues, mon mignon...

— Pourquoi est-ce que vous me suivez dans ma lubie ?

Il sourit de toutes ses dents blanches et manque m'éblouir. Il va falloir que je prévoie une paire de lunettes de soleil supplémentaire avec lui.

— Je me le demande, dit-il en se frottant la mâchoire. Toutefois, d'après la réaction de votre ami, cette enquête n'est pas votre coup d'essai et, pour être honnête, je suis d'accord avec vous. Je veux qu'on m'explique, de façon rationnelle et scientifique, comment Eugène s'y est pris pour simultanément s'asperger d'essence et y mettre le feu, sans avoir la volonté de se suicider. Je vous propose qu'on se retrouve au restaurant de Raimana. Vous connaissez ?

Je hoche la tête mais, si j'ai une certitude, c'est que je ne me rendrais pas seule à ce rendez-vous[81]...

— D'accord, mais je ne vous promets pas d'être seule. Je suis certaine que Serge, Luc, si ce n'est la troupe au grand complet, vont me suivre comme mon ombre...

Stewart hausse ses larges épaules. Ça ne semble pas le déranger... Un bon point pour lui.

— Pas de soucis ! Dix-neuf heures, ça vous va ?

J'acquiesce et nous nous séparons... Du moins pour le moment.

---

[81] Finalement, je deviens sage avec le temps... Punaise, c'est un choc ! Je crois que personne ne me croira si j'ose énoncer une telle ineptie à haute voix...

Comme envisagé plus tôt, j'arrive au restaurant donnant sur le lagon accompagnée non pas simplement par Serge ou Luc, mais par toute la troupe. Je suis la seule enquêtrice au monde à être poursuivie par une armée de Watson[82].

— Oh, mais tu nous as caché qu'il est charmant ton p'tit professeur ! s'indigne Muriel.

Je jette un coup d'œil à Cyrielle, qui observe le blondinet sans grand intérêt. C'est bien ce que je pensais, elle préfère les Tahitiens. Au point où j'en suis, j'aurais aussi bien pu inviter Metua à se joindre à nous, plus on est de fous, plus on rit... jaune...

Comme si nous avions pu le rater, Watson nous fait de grands signes. La discrétion incarnée. Bref, nous le rejoignons à sa table, faisons les présentations et, enfin, nous pouvons parler de ce qui nous intéresse.

— Quand nous nous sommes séparés, explique-t-il, j'ai refait tout le chemin séparant la cabane d'Eugène à la piscine, mais je n'ai rien trouvé. J'ai ensuite posé quelques questions pour savoir si quelqu'un avait nettoyé l'extérieur depuis l'accident. Tous les employés que j'ai rencontrés m'ont assuré qu'avec le travail en

---

[82] Je crois que Sherlock aurait fait une dépression à ma place...

journée, ils n'avaient pas le temps de se charger de ce genre de besogne.

— Donc, conclus-je, nous en revenons à la question de base : où est passé le contenant qui a projeté l'essence sur Eugène ? Et, mieux, qui aurait intérêt à le piéger ?

Un silence tombe comme une masse autour de la table.

— Est-ce que vous avez eu des nouvelles de ce pauvre monsieur, s'inquiète Cyrielle.

— J'ai téléphoné au centre médical tout à l'heure, précise Stewart, et ils m'ont assuré qu'à part quelques brûlures superficielles, Eugène s'en sortait bien. Heureusement pour lui, il portait des vêtements très épais et l'intervention rapide de Chloé a évité que les dégâts ne soient trop importants.

— Ils le gardent en observation ou il peut rentrer chez lui ce soir ? m'enquiers-je sur le ton de la conversation.

— Ils ont préféré le garder cette nuit, non pas à cause de ses brûlures, mais plutôt à cause de son alcoolémie...

Nous acquiesçons de concert, certains que l'alcoolisme d'Eugène est bien plus inquiétant que les brûlures qu'il a subies.

Raimana nous fait signe que nos plats sont prêts et nous nous jetons sur nos assiettes de poissons. La cuisine polynésienne est délicieuse[83], elle parvient même à détourner mon attention de mon enquête.

---

[83] Il faut que je me calme, depuis que nous sommes arrivés, je n'arrête pas de manger comme un cochon... ou comme un requin...

Le repas nous permet de changer de sujet et, peu à peu, les requins deviennent le centre de la conversation.

— Ce sont des créatures fascinantes, avoue Stewart. J'ai toujours été passionné par la grâce qu'ils déploient et la puissance qu'ils incarnent aussi.

J'acquiesce, certaine qu'un doctorant en ichtyologie, spécialisé dans les requins, doit trouver son sujet d'étude captivant. Toutefois, j'aimerais avoir son opinion sur une question peut-être un peu plus clivante.

— Quelle est votre opinion sur le *feeding* et le *smelling* ?

Watson s'adosse à sa chaise, avant de se souvenir qu'il n'est pas dans un fauteuil club, mais sur une chaise en plastique...

— La question est difficile, Chloé. Toutefois, les requins ont tellement été pourchassés et massacrés que tout moyen de les rendre plus intéressants aux yeux du monde me paraît utile. Pourtant, ces deux pratiques ne sont pas sans conséquences sur les requins eux-mêmes. Par exemple, comme tout animal, les requins cherchent à se nourrir à moindres frais énergétiques. Aussi, quand ils repèrent un endroit où il leur est possible de manger sans déployer toute l'énergie nécessaire à la chasse, ils ont tendance à se sédentariser, ce qui n'est guère un fondement de leur comportement. De plus, cette sédentarisation artificielle peut aussi être dangereuse pour des humains imprudents ou si, à un moment ou à un autre, ceux qui les nourrissent arrêtent cette pratique. Toutefois, pour prendre l'exemple des Bahamas, depuis que le gouvernement a pris conscience qu'un requin vivant leur rapportait plus d'argent qu'un requin mort, les Bahamas se sont mis à protéger très strictement ces animaux.

Nous hochons la tête de concert.

— Les activités économiques autour des requins sont si lucratives que cela ? s'intéresse Luc.

— Oui. Certains touristes sont prêts à payer des sommes folles pour plonger avec des requins. Toutefois, même le meilleur professionnel ne peut pas assurer qu'on trouvera des requins tel jour telle heure dans tel lieu, d'où le développement du nourrissage artificiel ou l'utilisation d'odeurs pour les attirer.

— La présence des requins ne fait-elle pas fuir le reste de la faune ? m'intéressé-je.

— C'est l'un des axes de recherche de ma thèse de doctorat. La présence de grands prédateurs n'est jamais sans conséquence sur celle des proies.

— Pour ma part, intervient Cyrielle, si je veux bien essayer l'observation des poissons, je n'ai pas du tout envie de plonger avec les requins...

— La plupart des requins sont inoffensifs pour l'homme, précise Stewart. Non seulement nous sommes grands par rapport à beaucoup d'espèces, mais encore notre saveur n'est pas à leur goût... si j'ose m'exprimer ainsi. Les requins préfèrent les poissons.

— Vous voulez dire qu'on a mauvais goût pour les requins, s'étonne Muriel. Ça, c'est une bonne nouvelle !

Stewart éclate de rire et confirme :

— À choisir entre un bon poisson ou un humain, le choix est vite fait pour un requin.

Sur ces bonnes paroles, nous achevons notre repas, saluons Raimana et le félicitons pour ses plats, puis nous prenons la direction du chemin, qui nous ramènera vers notre cabanon et vers le centre hôtelier pour Stewart.

Sur la route du retour, Stewart marche à mes côtés et ralentit le pas, afin que nous soyons un peu distancés par le reste du groupe.

— Qu'est-ce que vous voulez me dire, attaqué-je sans délai.

— Avant votre arrivée, j'ai eu le temps de discuter avec Raimana. Eugène est arrivé de Métropole il y a environ une quinzaine d'années. D'après ce qu'il a raconté, il venait d'hériter de fortes sommes et il a vécu comme un nabab pendant une dizaine d'années. Toutefois, il a fini par épuiser son magot et a été obligé de trouver un emploi. Selon les confidences qu'il a faites au restaurateur, il n'avait pas l'intention de rentrer en France, puisqu'il n'y avait aucune famille et qu'il se trouvait fort bien à Bora Bora.

— Donc il a été engagé comme homme à tout faire à l'hôtel, après avoir dilapidé sa fortune... Comment se conduisait-il avec les gens quand il était riche ?

— D'après Raimana, il était assez semblable à ce qu'il est aujourd'hui. Eugène a toujours eu un gros problème avec la boisson, mais il était plutôt agréable pour un homme riche. Disons qu'il se saoulait au champagne, plutôt qu'à la bière...

Je hoche la tête, plongée dans mes réflexions.

— Encore une piste qui nous échappe...

Watson a l'air perplexe à côté de moi. Je poursuis donc l'exposé de mon raisonnement :

— Si Eugène s'était montré odieux lorsqu'il était riche, cela aurait pu expliquer un certain ressentiment à son égard... Néanmoins, s'il était sympathique, personne n'aurait envie de lui faire du mal. Au contraire...

— Raimana m'a précisé qu'Eugène avait toujours été très généreux avec les serveurs, les restaurateurs et tous ceux qui prenaient soin de lui quand il était ivre mort. D'après ce qu'il en sait, Monsieur Wagner a engagé Eugène plus par compassion que par nécessité.

— Monsieur Wagner ?

C'est moi ou il a eu petite inspiration serrée...

— Oui, Madame Wagner ne dirige pas le centre hôtelier. En vérité, je crois qu'elle n'a aucune responsabilité dans la société. Votre employeur, c'est Monsieur Wagner. Celui qui vous a recrutés, c'est Monsieur Ducret, le directeur du centre et son bras droit.

Punaise ! Si j'avais su ça, j'aurais envoyé bouler la mère Wagner quelque chose de bien !

— Êtes-vous inquiète pour Eugène, Chloé ?

Alors que nous nous rapprochons du cabanon, je prends le temps de réfléchir à cette question. Suis-je inquiète pour l'homme à tout faire de cet hôtel ? Oui. Oui, parce que je n'arrive pas à comprendre pourquoi on aurait voulu le faire brûler... Oui, parce que le contenant de l'essence a disparu. Oui, parce que tenter de supprimer quelqu'un par la flamme, ce n'est pas un crime banal. Faire brûler autrui, c'est vouloir lui infliger des souffrances hors normes.

— Oui, avoué-je. Si vous deviez supprimer quelqu'un, est-ce que vous le feriez brûler ?

Watson sursaute à mes côtés. Il s'arrête net de marcher et se fige d'horreur.

— Non. C'est... terrible...

— Oui. Seule la haine et la vengeance peuvent expliquer une telle abomination.

— Alors, Eugène a un ennemi mortel sur cette île...

— J'en ai bien peur, confirmé-je. J'espère seulement qu'il se méfiera davantage à l'avenir.

Stewart semble perplexe.

— Qui ? Eugène ou le tueur ?

— Les deux.

Sur ces étranges paroles, nous atteignons le cabanon et je rejoins la troupe, après avoir salué mon Watson.

Chapitre 10.

Non, vous ne voulez pas savoir !

Samedi 1ᵉʳ juillet – Temps magnifique. Journée... Les mots me manquent là...

Tous ceux qui ont travaillé dans l'hôtellerie savent que le samedi, grand jour des chassés-croisés, est la pire journée de la semaine. Les clients sur le départ sont stressés[84] et il faut se plier en quatre pour que leur retour se passe de la meilleure façon possible. Les clients qui arrivent sont souvent fatigués, mais heureux d'être enfin sur leur lieu de villégiature, même s'il y a toujours les petites contrariétés de l'arrivée[85]. Entre-temps, l'ensemble de l'équipe doit nettoyer de la façon la plus parfaite possible le moindre recoin du complexe hôtelier. Ce n'est pas une mince affaire et, comme nous ne sommes pas avares de travail, la troupe a décidé de prêter main-forte aux autres employés de l'hôtel. Notre geste a été apprécié par l'équipe, l'adorable Tahia en tête. La gouvernante nous remercie à chaque fois qu'elle nous

---

[84] En gros, ils ne veulent pas rentrer chez eux et reprendre le travail. Comme on les comprend !

[85] Vous savez, « j'ai oublié mes lunettes, mes chaussettes, mes claquettes, mes jupettes... », bref toute la panoplie de ce qui aurait dû se trouver dans le sac et qui n'y est pas.

croise et les deux femmes de ménage nous ont promis des spécialités tahitiennes en remerciement[86] ! En revanche et de façon fort curieuse, alors qu'il y a beaucoup de travail, Madaaame Jessica Wagner a disparu. Oui, je persifle.

Je fais équipe avec Muriel pour nettoyer un bungalow. Nous avons eu de la chance, car la famille qui y vivait s'est comportée correctement, ce qui ne semble pas être le cas à côté, d'où de multiples imprécations surgissent à intervalles réguliers... Je sais que, d'un point de vue commercial, ce genre de comportement est répréhensible mais, pour le moment, nous sommes entre nous. L'avantage d'être sur une île, c'est que presque tous les touristes partent et arrivent au même moment par avion. Il y a toujours un ou deux retardataires, mais c'est négligeable.

Nous nous acquittons de notre tâche avec célérité et, quand Tahia vient vérifier la qualité de notre travail, elle est surprise par notre compétence. Elle ne s'attendait pas à un tel professionnalisme de la part d'artistes.

— Nous avons toutes les deux travaillé dans l'hôtellerie pendant nos études, expliqué-je.

Elle hoche la tête avec conviction et nous nous mettons d'accord sur notre prochaine tâche.

Alors que nous sortons du logement, des hurlements retentissent près du ponton. Piquée au vif, je me précipite dans la direction des cris, Muriel et Tahia sur les talons. Quand nous arrivons, Nina et Luana, les deux femmes de ménage, sont penchées et observent sans bouger quelque chose dans l'eau. Je ne comprends

---

[86] Miam ! Oui, je sais, pense à ton bikini, mais vous savez que les bikinis existent en grande taille, n'est-ce pas ?

pas tout de suite ce qui les sidère ainsi. Soudain, Muriel se décale et se signe à côté de moi en se détournant.

— Seigneur Dieu tout-puissant, balbutie-t-elle.

Je m'approche davantage et repère enfin ce qui retient l'attention de tous...

Oh ! Mon ! Dieu !

Le tronc de ce qui a été un homme heurte l'un des poteaux du ponton, en suivant le mouvement paisible des vagues... Ok. On respire et on observe... Un homme blanc... Pas jeune... Pas musclé... Abîmé... Une jambe a été coupée à l'aine, l'autre juste au-dessus du genou... Il reste un bras, comment dire, déchiqueté... Une vague plus forte que les précédentes retourne le corps et une dame s'effondre à côté de moi. Les autres s'en occupent, libérant de la place au-dessus du corps. Je m'accroupis sur le ponton et...

— Eugène...

Watson vient d'arriver... Il s'agenouille à côté de moi. Je soupire. Finalement, le tueur a trouvé un autre moyen... Un abominable moyen... Le regard de Stewart et le mien se croisent. Nous nous comprenons.

— Requins ? demandé-je.

— Quoi d'autre ? dit-il en haussant les épaules. Une pierre de plus à l'édifice des requins tueurs...

Il est désemparé...

— D'accord, mais comment être sûr qu'ils attaquent puisqu'ils n'apprécient pas notre goût ?

— Blessez la personne et jetez des entrailles de poissons autour d'elle et je vous garantis une belle attaque, surtout dans des eaux où les requins savent qu'ils vont pouvoir se nourrir...

D'accord, donc nous avons affaire à un tueur sadique, prêt à faire brûler Eugène puis, quand son plan initial a échoué, il change de tactique et le fait dévorer par des requins... Si ce n'est pas de la haine, je ne sais pas de quoi il s'agit...

Le directeur de l'hôtel arrive comme un fou et manque nous renverser[87].

— Il faut le repêcher ! ordonne-t-il.

— Certainement pas, m'insurgé-je. Vous allez compromettre les preuves qui peuvent encore exister sur le corps ! Appelez la police et dites-leur de mettre le turbo !

J'ignore si c'est mon ton autoritaire, la conviction dans ma voix ou mon autorité naturelle[88], mais le directeur repart ventre à terre vers l'accueil.

Mon regard se reporte sur le corps qui flotte au pied du ponton et je me demande quel genre de justification le meurtrier a trouvé à cette abomination...

*L*a gendarmerie de Bora Bora est arrivée peu après. De peur que d'autres requins ne viennent s'attaquer au corps, ils ont décidé de le sortir au plus vite de l'eau et de le mettre aussitôt dans un sac qui préservera, au mieux, les éléments nécessaires au médecin légiste. Stewart a été invité à observer les morsures apparaissant sur le corps. Pourtant, la première observation n'a pas été probante. Sans moulage des morsures, il refuse de se prononcer sur la ou les espèces de requins responsables de l'attaque. Je peux le comprendre car, même moi, j'ai remarqué sur le bras une morsure pas plus large

---

[87] Alors, ça, ce serait le pompon ! J'ai les nerfs solides, mais quand même... Je refuse d'être jetée sur les restes d'un cadavre déchiqueté !

[88] Comment ça « tu rêves ! »...

qu'une main, mais je suppose que l'animal, ayant emporté la jambe, était d'un autre gabarit. J'ai bien peur qu'Eugène n'ait été pris dans une espèce d'attaque frénétique de plusieurs requins, excités par un appât quelconque.

— Pouvons-nous supposer qu'il s'agisse d'un accident ? demandé-je à Watson.

Il grimace, sans chercher à cacher l'horreur que lui inspire cette attaque.

— Tout est supposable. Toutefois, d'après ce que nous savons, Eugène était resté en observation au centre médical de Vaitape.

— Je comprends, confirmé-je. S'il était en observation, comment a-t-il fait pour se retrouver à nager en pleine nuit dans le lagon ?

— Pourquoi en pleine nuit ?

— Parce que, d'après ce que j'en sais, les requins attaquent davantage à la tombée de la nuit... Toutefois, nous savons qu'à ce moment-là, Eugène était dans le centre médical, puisque Metua, qui l'accompagnait, n'est rentré qu'une fois la nuit tombée.

— Donc l'attaque a eu lieu soit cette nuit, soit ce matin, en conclut Watson.

— Et ce matin, tout le lagon était en effervescence et rempli de bateaux pour raccompagner les touristes à l'aéroport.

Stewart hoche la tête en un signe positif.

— La concentration de navettes et autres bateaux sillonnant Bora Bora dans tous les sens empêche d'imaginer qu'un homme puisse se faire dévorer par des requins. Comme tous les animaux, ils ne sont pas très friands des moteurs et de l'agitation humaine.

— Donc, conclus-je, nous en revenons à une attaque de requins cette nuit.

Stewart me considère un instant. Il a l'air songeur étrangement sérieux.

— Vous êtes une sacrée Miss Marple, Chloé.

J'observe l'Australien avec attention. Au point où j'en suis, en dehors de la troupe, je dois considérer tous les résidents de l'île comme suspect. Après tout, j'ai rencontré Stewart dans la cabane d'Eugène, alors que je cherchais à comprendre comment il avait pu être aspergé d'essence. Maintenant, Eugène a été tué par une attaque de requins et qui mieux qu'un spécialiste de ces animaux pourrait être capable de déclencher cette attaque ? Que cela me plaise ou non, cette fois-ci, je ne peux compter que sur moi-même et mes amis proches... Et la gendarmerie... Après tout, pour une fois, ils sont là avant le dénouement. Autant en profiter !

Je détaille les trois gendarmes restés sur place. Deux d'entre eux sont assez jeunes et tout à fait athlétiques, quand le troisième a les tempes grises et un embonpoint l'empêchant peut-être de courser les voleurs. Selon toute vraisemblance, le plus rond des trois est le chef, quel que soit son grade, je ne me suis jamais intéressée à ce genre de détails[89]. Je vais tenter une approche avec le gradé. Cela fait déjà quelque temps que nous nous observons.

Après avoir jeté un coup d'œil à Watson, qui fixe toujours le lagon d'un air désespéré, je me dirige tout droit vers le gendarme à la forme de nounours en guimauve. Quand un léger sourire s'affiche sur son visage, je me demande à quelle sauce je vais être mangée.

---

[89] Détails pour moi, entendons-nous bien, je sais que pour d'autres les grades sont primordiaux... Dédicace spéciale à James Bond...

— Bonjour Madame, dit-il d'une voix posée. Je suis ravi que vous preniez les devants, puisque je voulais m'entretenir avec vous.

Je me renfrogne. Je déteste ne pas avoir l'initiative...

— Bonjour Monsieur, que puis-je faire pour vous ?

— Vous pourriez tout d'abord vous présenter, ensuite vous pourriez m'expliquer comment une civile est capable de saisir un homme en feu à bras-le-corps pour le précipiter dans une piscine, enfin vous pourriez m'éclairer sur le fait qu'une dame puisse observer un corps déchiqueté sans en ressentir la moindre émotion.

Aïe, je sens que le camarade gendarme ne va pas être simple à manipuler.

— Je m'appelle Chloé Lefebvre, je suis divorcée, actrice, employée de l'hôtel pour quatre semaines avec l'ensemble de la troupe à laquelle j'appartiens, j'ai quarante-cinq ans, deux enfants, un chien et je suis dotée d'un bon sens de l'observation.

— C'est ce qu'on m'a dit, insinue-t-il. Toutefois, vous oubliez un point, Madame.

Je réfléchis, puis fronce les sourcils, ne sachant pas où ce gendarme veut en venir.

— Vous êtes certes observatrice, mais vous avez surtout des nerfs d'acier.

Je hausse les épaules. C'est mon caractère. Je ne peux pas l'expliquer, je suis comme ça.

— Observatrice et avec des nerfs d'acier, continué-je, ce qui vous explique que je sois capable de prendre à bras-le-corps un homme en feu pour le précipiter dans la piscine la plus proche, puisque c'était la solution la plus rapide pour le sauver ; ce qui vous explique aussi que je sois capable d'observer le corps de ce même homme après une attaque de requins.

— Vous n'êtes pas très impressionnable, Madame.

J'ai déjà entendu ça quelque part. Décidément, les gendarmes sont tous les mêmes...

— Je peux dire beaucoup de choses sur mon ancienne belle-famille, mais ils ont eu l'avantage de me permettre d'acquérir un blindage à toute épreuve...

— Les belles familles ont parfois cet effet. Plaisanterie mise à part, j'aimerais avoir votre opinion sur les événements des dernières vingt-quatre heures.

D'accord, ce n'est pas lui que je mettrai dans ma poche avec un peu d'humour... Il m'embête drôlement ce gendarme. Le plan initial était de le faire parler, pas de me faire parler.

— Je ne vois pas de quoi vous voulez parler...

— De votre visite dans le cabanon de la victime juste après son agression d'hier, par exemple.

Merdouille ! Comment peut-il être au courant ? Je dois avoir l'air déconfite, parce que son sourire s'agrandit. Un ange passe, puis un deuxième. Pourtant, le gendarme ne reprend pas la parole...

— Juste après qu'Eugène a été sorti de l'eau de la piscine, il bredouillait des mots à peu près incompréhensibles, mais j'ai saisi que, selon lui, l'essence n'était pas à sa place.

— Donc, vous vous êtes précipitée sur les lieux pour vérifier ses dires...

Je hausse les épaules. Si tu crois que je n'ai pas vu ton piège à mammouths[90], tu te fourres le doigt dans l'œil.

— Nous savons tous les deux pourquoi je suis allée là-bas.

— Je vous écoute.

---

[90] Il y a beaucoup de pièges à mammouths dans cette histoire ! Heureusement pour moi, je n'en suis pas un... Comment ça « tu es déjà tombée dans plusieurs d'entre eux » ?

Ce n'est pas Dieu possible, ce n'est pas un gendarme, c'est un pit-bull en uniforme !

— Même si l'essence n'était pas à sa place, cela n'explique pas pourquoi il a pris feu.

— Effectivement. Et qu'avez-vous trouvé sur place ?

— Rien. Le ménage avait été fait.

Le gendarme perd son sourire et acquiesce d'un imperceptible signe de tête.

— Je vois, dit-il d'une voix sourde. Donc, selon vous, le responsable de l'accident de la victime s'est précipité dans le cabanon pour effacer ses traces.

— À bien y réfléchir, c'est assez logique, approuvé-je. Pendant que nous étions tous occupés à regarder cette torche humaine traverser le complexe hôtelier, l'incendiaire a eu le temps de faire disparaître le piège qui s'était refermé sur Eugène. Le *timing* était serré, mais c'était faisable.

— Et qui soupçonnez-vous, Madame ?

— Personne, pour le moment. J'espère seulement qu'il ne s'agissait pas de l'un des touristes qui sont repartis ce matin.

Une légère ride s'imprime sur le front du gendarme. Je pense qu'il n'aime pas plus que moi cette supposition mais, après un temps, il secoue la tête négativement. Pourtant, pour le moment, nous ne disposons d'aucun élément nous permettant d'affirmer que le tueur est toujours à Bora Bora...

— Je ne pense pas qu'il s'agisse d'un touriste, Madame, c'est pourquoi je vous demanderai d'être prudente à l'avenir. Si le tueur est toujours sur l'île, il ne va pas apprécier de vous voir rôder autour de lui.

Je sens mon front se froncer et ma bouche se tordre en une moue de réflexion intense. Pourquoi pense-t-il qu'il ne s'agit pas d'un touriste...

— C'est personnel, dis-je soudain, exprimant mes pensées à haute voix. Faire brûler quelqu'un ou le faire dévorer par des requins, c'est personnel, c'est une vengeance. Dans l'un ou dans l'autre cas, il faut des moyens et du temps. Il faut observer sa proie, pour être sûr qu'elle ne s'échappera pas... Je vois ce que vous voulez dire. Selon toute vraisemblance, le tueur est toujours ici.

Un sourire fugitif anime les traits du gendarme.

— D'où ma demande renouvelée de prudence, Madame. Vous êtes un peu trop intelligente pour passer inaperçue.

— Je peux jouer les idiotes, si ça peut me permettre d'être plus en sécurité...

— Pourquoi pas ? Mais je gage que vous n'y arriverez pas, quels que soient vos talents d'actrice...

C'est gentil et pas gentil en même temps... Loin de ses considérations, le gendarme me salue et commence à s'éloigner.

— Si j'ai besoin de vous joindre... l'interpellé-je.

— Major Thomas Monestier, Madame. Je dirige la brigade de gendarmerie de Bora Bora. Je ne suis pas difficile à joindre. Soyez prudente.

La partie va être serrée avec cet homme-là. Si je suis honnête, la partie sera encore plus serrée avec le tueur... Au moins, le Major Monestier ne fera-t-il que m'enfermer pour obstruction à l'enquête... Le tueur, quant à lui, pourrait avoir des envies plus meurtrières à mon égard... Je jette un coup d'œil circulaire à tous ceux restés sur l'île... Stewart, le spécialiste des requins ? Sylvain Ducret, le directeur ? Metua, le bagagiste ? Tahia, la gouvernante, ou Paul, le concierge ? Luana ou Nina, les femmes de ménage ? Jessica Wagner, la propriétaire ? Et Monsieur Wagner, où est-il ? Quant aux Tahitiens de l'îlot, j'espère qu'ils ne sont pas trop nombreux, pour ne pas avoir une liste de suspects de trois kilomètres de long[91]... Une fois de plus, j'ai l'embarras du choix.

[91] Oui, ça en fait du papier...

D'accord, Chloé. Cette fois-ci, il faut que tu sois prudente. Contrairement à la première fois, tu n'es pas en famille et, à la deuxième fois, tu n'as pas Marc à tes côtés[92]. Je vais donc faire profil bas, me concentrer sur mon travail d'animatrice et d'actrice, tout en observant chaque personne à ma portée. Plan C : Discrétion et camouflage. Toutefois, il me faudrait obtenir quelques renseignements sûrs pour que je puisse réfléchir sur des bases sérieuses.

Que sais-je avec certitude ?

1. Eugène[93], l'homme à tout faire du « Bora Bora Lodge Prestige », a pris feu en se renversant de l'essence dessus. Sans mon intervention, il aurait pu être grièvement brûlé, voire en mourir.

- Était-ce le premier accident de ce genre ? Je ne sais pas.
- Où est le contenant de l'essence ? Je l'ignore.
- Était-ce un accident ? Non. Eugène a clairement dit que l'essence avait été bougée de place ; le bidon supposé la contenir n'en renfermait pas ;

---

[92] C'est vrai qu'à l'époque, je ne le connaissais pas mais, d'instinct, je lui avais fait confiance.

[93] Peste ! J'ignore même son nom de famille...

le récipient l'ayant aspergé a disparu et j'ignore comment cette essence a pu s'enflammer. Toutefois, d'après les traces laissées dans le cabanon, Eugène y a bien été aspergé et il a pris feu au même endroit.

Pour résumer, je suis certaine qu'il ne s'agissait pas d'un accident, quelqu'un a tenté d'assassiner cet homme, ou au moins de le blesser, en l'aspergeant d'essence et en se débrouillant pour y mettre le feu.

Maintenant, les trois questions : Qui ? Comment ? Pourquoi ?

- Qui ? Quelqu'un qui peut se promener assez librement dans le complexe hôtelier pour piéger le cabanon d'Eugène, revenir pendant que sa victime brûle et que tous les autres sont occupés à lui porter secours.

  Là, je tiens une piste de réflexion : qui ai-je vu au restaurant ? Je suppose la quasi-totalité des vacanciers mais, dans mon souvenir, je n'ai vu personne de l'équipe. Il y avait le buffet, nous nous sommes servis seuls et je n'ai pas le souvenir d'avoir croisé qui que ce soit. Une fois de plus, je fais chou blanc. En revanche, Metua a sauté à l'eau pour récupérer Eugène, ce qui plaiderait pour son innocence, même s'il a disparu juste après... Je continue.

- Comment ? En piégeant le cabanon d'Eugène. Le bidon d'essence a été vidé dans un autre récipient qu'il s'est renversé dessus. Reste à savoir comment l'essence s'est enflammée. Même si Eugène était un homme à tout faire peu enthousiaste, il n'était pas suicidaire. Cela m'étonnerait beaucoup qu'il soit rentré dans son cabanon avec une cigarette allumée, *a fortiori* s'il savait qu'il allait manipuler de l'essence.

Pour être objective, comment puis-je savoir qu'Eugène n'était pas suicidaire ? Après tout, d'après Raimana ou du moins ce que Stewart m'a rapporté de sa conversation avec Raimana, Eugène est arrivé il y a une quinzaine d'années en Polynésie française à la tête d'une belle fortune qu'il a dilapidée... Certains pourraient avoir des pensées suicidaires à sa place. Passer de riche à homme à tout faire a de quoi perturber... Il faudra que je tente de savoir comment Eugène se sentait dans sa nouvelle vie et, pour cela, je sais qui interroger... Le problème est qu'entre les animations de cette après-midi, les répétitions pour la pièce et la représentation de ce soir, je ne sais pas quand je vais trouver le temps de rendre visite à Raimana...

- Pourquoi ? Nous en arrivons à la question qui explique tout et à laquelle je n'ai pas le commencement d'une réponse. Pourquoi vouloir tuer Eugène ou pourquoi vouloir le blesser grièvement ? S'arranger pour qu'une personne prenne feu n'est pas anodin. C'est une façon atroce de se débarrasser de quelqu'un... Qu'est-ce qui peut justifier, dans la tête du tueur, une telle méthode ? C'est personnel, mais ce n'est pas tout. Il a envie de faire souffrir, tout en ne se salissant pas les mains. Il a envie de faire souffrir, mais sans y assister. C'est très curieux. Comme si le tueur voulait supplicier Eugène, tout en n'étant pas capable d'assumer ses actes.

  Pendant qu'Eugène était en proie aux flammes, le tueur s'est précipité dans son cabanon pour en retirer la preuve du piège, qui s'était refermé sur l'homme à tout faire. Il garde la tête froide. C'est un calculateur. Ce n'est pas quelqu'un qui agit par pulsions. J'en reviens à quelqu'un qui prend son temps pour élaborer ses plans, quelqu'un qui a les moyens d'agir, quelqu'un qui se déplace librement dans le complexe hôtelier.

2. Après cette première tentative avortée par mes soins, Eugène est retrouvé mort ce matin, le lendemain de l'immolation, après avoir été attaqué par des requins. D'après ce que j'ai vu, plusieurs requins se sont acharnés sur lui. Les morsures sont de tailles diverses et, vu l'état du corps, il ne s'agissait pas d'une attaque isolée.

Certes, les pratiques de *feeding* et de *smelling* ont eu tendance à sédentariser des requins, qui n'avaient pas l'habitude de rester dans le lagon. Toutefois, d'après Stewart, les humains ne sont pas une nourriture habituelle pour les requins. Si je me souviens bien de ses paroles, il nous a précisé : « *Non seulement nous sommes grands par rapport à beaucoup d'espèces, mais encore notre saveur n'est pas à leur goût...* ». Par conséquent, l'humain n'est pas une proie privilégiée des requins. Pour qu'une attaque se déclenche, il faut les mettre dans une situation particulière. « *Blessez la personne et jetez des entrailles de poissons autour d'elle et je vous garantis une belle attaque, surtout dans des eaux où les requins savent qu'ils vont pouvoir se nourrir...* ».

À en croire Stewart, celui qui s'y connaît le mieux en requins sur cette île, à moins d'une préparation minutieuse, le requin n'attaquera pas quelqu'un sur demande.

Autre question : pourquoi Eugène a-t-il quitté le centre médical ? Pour être attaqué en pleine nuit dans les eaux du lagon, il a bien fallu qu'il parte dudit centre, où il avait pourtant été placé en observation. Une fois de plus, j'en reviens à un tueur organisé avec des moyens. Le centre médical n'est pas sur le même îlot que l'hôtel, il fallait donc que le tueur dispose d'un bateau. Je me demande qui peut emprunter les navettes du « Bora Bora Lodge Prestige »... Pour cette question, je pourrai toujours interroger Metua. Il faudra aussi que je prenne le temps de questionner Raimana sur ce point, car j'ignore s'il vit sur l'île et s'il dispose de sa propre embarcation... D'après ce que j'ai vu, les habitants n'ont pas l'air d'être très suspicieux et il se pourrait bien que tous les bateaux soient empruntables à merci. Toutefois, si le tueur est parti chercher Eugène en pleine nuit au centre médical, il a bien fallu qu'il fasse preuve d'une certaine discrétion... Au cœur de la nuit, le bruit du moteur aurait forcément réveillé l'un ou l'autre des vacanciers... La tuile c'est qu'ils sont tous partis ce matin ! Punaise ! À chaque fois que j'essaye d'ouvrir une porte, elle se referme sur mes doigts... Bref, si je résume :

- Qui ? Je n'en sais toujours rien, mais j'en reviens à une personne organisée, qui prend son temps, qui dispose de moyens, qui connaît bien les requins et qui peut se promener comme bon lui semble dans le complexe hôtelier.
- Comment ? En allant chercher la victime en pleine nuit dans le centre hospitalier, ce qui laisse supposer que le tueur dispose ou peut disposer d'un bateau, qu'il sait le manier, qu'il a pu joindre Eugène pour que ce dernier sorte de l'hôpital, que ce dernier le connaissait et lui

faisait assez confiance pour le suivre... Si seulement nous pouvions mettre la main sur le téléphone portable d'Eugène. La dernière personne qui l'a appelé est probablement son assassin. Malheureusement, à l'heure qu'il est, le téléphone doit être dans l'eau du lagon ou dans l'estomac d'un requin... Beurk ! Pauvre bête !

- Pourquoi ? Même réponse que précédemment. Aucune idée...

L'affaire est corsée, mais j'ai bon espoir d'y voir plus clair sous peu... Foi de Chloé, je vais débusquer ce monstre ! Quoique ait fait Eugène dans sa vie, personne ne mérite de mourir comme cela.

Manuel de survie de Chloé[94]

🏝 Spécial zone Pacifique 🏝

Règle n°1. La blatte n'est pas dangereuse, mais désagréable. (Franchement, on s'en fout des blattes !).

Règle n°1 bis. Contre les blattes, adopter des lézards... (Efficaces ces bestioles... Moches, mais efficaces !)

Règle n°2. Le scolopendre est désagréable, mange la blatte et pique les humains. (Entre la piqûre de scolopendre et la morsure de requin, je préfère le scolopendre...).

---

94 Bon, ben on continue... Punaise, il va faire combien de pages ce manuel ?

Règle n°3. Les moustiques sont teigneux et porteurs de maladies. (**Manquerait plus que ça !**)

Règle n°4. Porter de grosses chaussures lors des baignades pour éviter la piqûre du poisson-pierre... (**Finalement, on s'en fout, parce que je ne tremperai pas un orteil dans le lagon !**).

Règle n°5. Les requins... (**Que dire... Si, en plus, des humains les utilisent comme des armes...**).

Règle n°6. Toujours avoir de la biafine dans les bagages. (**Ok, la biafine, c'est bien contre les brûlures, mais je regrette un peu de ne pas avoir une cotte de mailles en fait...**).

🌴🌴🌴🌴🌴

Rappel des plans de survies de base

Plan A : Silence et observation.

Plan B : Focus et concentration.

Plan C : Discrétion et camouflage.

Chapitre 12

Celle qui murmure à l'oreille du major

Comme une gentille actrice bien dévouée à son art que je suis, je passe l'après-midi à répéter notre pièce du soir. Nous avons eu beau proposer nos animations pour enfants et adultes aux vacanciers qui venaient d'arriver, personne ne s'est présenté. Il faut dire qu'il y a plus festif que la découverte d'un cadavre dévoré par des requins pour commencer ses vacances... Dans un premier temps, je me suis demandé si le Major Thomas Monestier empêcherait l'accès au complexe hôtelier dans son ensemble, mais il n'en a rien été. Mis à part le bungalow personnel d'Eugène, ainsi que sa cabane, rien n'a été mis sous scellés. Toutefois, je reconnais bien là le caractère contrariant des gendarmes car, s'il y a bien deux endroits que j'ai envie de visiter, ce sont le logement d'Eugène et son cabanon de travail[95].

Depuis notre bungalow de répétition, j'ai tenté de surveiller les allées et venues des gendarmes mais, à chaque fois que je m'intéressais à autre chose qu'à la pièce, Luc et Serge me fusillaient du regard. Ce n'est pas possible d'être cernée par des gardes-chiourmes

---

[95] Je dois avoir un karma à purger avec les gendarmes dans cette vie. Je ne peux jamais enquêter en paix sans en avoir au moins un dans les pattes... Pfff, fichu karma !

pareils ! Comment voulez-vous que je m'en sorte avec cette enquête[96] !

Bref, quand, à l'issue de nos répétitions, je vois Stewart m'attendre à la sortie de la salle, je me demande ce que je dois en penser... En l'état actuel de mes connaissances, je ne peux pas faire confiance à ce Watson. Il pourrait tout aussi bien être le tueur ou l'un des tueurs. Pour ce que j'en sais, l'assassinat d'Eugène a très bien pu être perpétré par plusieurs personnes... Voire, plus tordu, la tentative d'immolation et le meurtre ont pu être orchestrés par deux criminels... Punaise de Punaise ! Vous parlez d'un lieu de villégiature ! Bora Bora, ses lagons, ses cocotiers, ses tueurs... Franchement, on est loin du paradis ! Donc, méfiance...

Lorsqu'il me voit sortir du bungalow, Stewart se décolle du mur, auquel il était adossé. Il s'approche sous le regard suspicieux de Serge. D'aussi loin que je m'en souvienne, notre colosse des Antilles a toujours servi de protecteur à la troupe.

— Pouvons-nous discuter, Chloé ? me demande Stewart.

Je l'observe un temps plus long que ce qu'il attendait. Face à ce changement d'attitude à son égard, il se trouble. Parfait, c'est le moment de l'interroger.

— Bien sûr, acquiescé-je à contretemps.

Serge me lance un de ses regards pour s'assurer que tout va bien et je le rassure de mon côté. Après tout, je suis une grande fille et je suis capable de me défendre toute seule. En plus, je porte à la ceinture la matraque

---

[96] Quoi ? Vous n'allez pas vous y mettre vous aussi ! Je peux vous assurer qu'en termes d'empêcheurs de tourner en rond en tous genres, j'ai mon compte.

télescopique, qui m'a déjà servi[97]. En gros, entre le Krav Maga, que je pratique depuis des années, et le cadeau de mon chéri, j'ai de quoi calmer un bon nombre d'importuns...

Je m'éloigne quelque peu des bungalows de travail, tout en restant au sein du complexe hôtelier[98]. Tant que je n'aurai pas éclairci le statut de Stewart, je ne m'isolerai plus avec lui.

— Vous ne me faites plus confiance, constate-t-il.

— C'est vrai. Vous admettrez avec moi que vous correspondez au profil du tueur.

Watson en reste pétrifié d'horreur.

— Pourquoi ? balbutie-t-il.

— Pourquoi ? Parce que nous cherchons une personne libre de se déplacer comme bon lui semble dans le complexe hôtelier, capable d'élaborer un plan, de le mettre en application avec discipline, quelqu'un de calculateur, qui garde la tête froide face aux contretemps, qui connaissait assez Eugène pour que ce dernier lui fasse confiance et quitte le centre hospitalier en pleine nuit en sa compagnie, quelqu'un capable de naviguer et qui connaît bien les requins... Y a-t-il un seul de ces critères que vous ne remplissiez pas ?

Stewart en reste bouche bée. Il pâlit dangereusement, avant de passer une main sur son front. Le blondinet frôle l'attaque.

— Mais c'est une catastrophe... avoue-t-il. Si je suis votre raisonnement, je suis le suspect numéro un de la gendarmerie...

---

[97] Un cadeau précieux de James Bond que j'ai toujours conservé avec moi... Ne le lui dites pas, il a oublié qu'il m'avait fait ce petit présent...

[98] Je suis courageuse, pas téméraire... quoique...

— Disons que vous faites partie des suspects, mais je vous rassure, vous n'êtes pas le seul à remplir ces critères.

Watson ne se sent pas bien. Si c'est un acteur, il faut qu'il se fasse embaucher de toute urgence à Hollywood. Il se laisse tomber là où il est, s'asseyant par terre, les jambes coupées. Punaise, ce couillon va me faire un malaise en plein milieu de l'allée centrale ! Je me précipite au restaurant et m'empare, sans rien demander à personne[99], d'une bouteille d'eau et de sucres que je rapporte illico à Stewart. Il est toujours assis au milieu de l'allée, en plein soleil, et il est beaucoup trop grand et massif, pour que je puisse le bouger toute seule. D'autorité, je lui colle ma casquette sur le crâne.

— Buvez de l'eau, mangez les sucres et, ensuite, vous vous traînerez à l'ombre comme vous pouvez, sinon j'appellerai le personnel de l'hôtel pour vous aider... Ah... Finalement, je crois que c'est la gendarmerie qui va s'occuper de vous...

Dans le dos de Stewart, je vois le Major Monestier et un autre gendarme arriver au pas de course.

— Ça va, Monsieur ? Besoin d'aide ? interroge le gendarme que je ne connais pas.

Pendant ce temps, le major me scrute comme si c'était moi qui étais responsable du malaise de Stewart... Bon d'accord, j'y suis peut-être allée un peu fort avec lui, mais comment voulez-vous que je sache s'il est coupable ou innocent ? Punaise, vous m'en mettrez des Watson de cet acabit ! On le secoue un peu et il se pâme d'émotion... Sherlock, envoie-moi ton médecin militaire ! Ça me changera ! En échange, je te

---

[99] De toute façon, il n'y a personne.

propose un doctorant en ichtyologie faible des genoux... Comment ça, t'en veux pas ? Pfff...

Le gendarme aide Stewart à se mettre à l'ombre et je décide de fixer à mon tour le major. Il n'y a pas de raison qu'il soit le seul à m'étudier. Cette réciprocité dans l'observation amuse le gendarme.

— Vous n'êtes pas très impressionnable, Madame.

Ça, tu l'as déjà dit mon coco !

— Pourquoi ? Quand on n'a rien à se reprocher, il est assez simple de ne pas craindre les gendarmes.

— Qu'avez-vous dit à ce monsieur pour qu'il se trouve mal ?

Là, il commence à m'embêter le major. Soit il a le don de double vue, soit il m'espionne, soit il fait son travail et il est doué. Dans les trois cas, il me casse les pieds[100]. De toute façon, je n'ai pas le choix, il lui suffirait de poser la question à Stewart, pour savoir de quoi nous parlions tous les deux juste avant son malaise.

— J'expliquais à Stewart qu'il pouvait très bien faire partie de la liste des suspects, qu'en conséquence, je ne lui ferai plus confiance jusqu'à ce que je sache s'il est le tueur ou pas.

— Et donc ?

— Compte tenu de sa réaction horrifiée à une telle supposition, je présume qu'il est plutôt innocent.

Le major sourit avec bonhomie. Comment cet homme fait-il pour être à la fois si tranchant dès qu'il ouvre la bouche, tout en conservant une affabilité tranquille, à même de rassurer les plus trouillards ?

— Puis-je connaître vos déductions, Madame ?

---

[100] Oui, je suis cernée...

Non, mais il n'est pas possible ! Fais tes déductions toi-même !

— D'accord, si vous me donnez des renseignements.

Il éclate carrément de rire. Maieuh !!!

— Ce n'est pas dans ce sens-là que cela fonctionne, Madame.

— J'ai besoin de renseignements fiables pour poursuivre mes réflexions.

Son regard change du tout au tout en un instant. Il me scrute, me soupèse et hésite, avant de hocher la tête de façon positive.

— Si votre raisonnement est intéressant, peut-être répondrai-je à quelques-unes de vos questions.

Il me fait signe de le suivre. Il veut que nous discutions loin des oreilles indiscrètes. Nous gagnons le couvert des cocotiers. Je jette un dernier coup d'œil en arrière pour m'assurer que Stewart est entre de bonnes mains et je vois Tahia s'accroupir à côté de lui... Elle lui caresse la joue, ce qui m'étonne, c'est un geste plutôt familier...

— Je vous écoute, Madame.

— Pour résumer, notre tueur est libre de se promener dans le complexe hôtelier, assené-je. Il est calculateur, froid, organisé et n'est pas emporté. Il prend le temps d'élaborer son plan, en s'adaptant à sa victime. Il veut bien faire brûler Eugène, mais il ne veut pas assister au spectacle. Il a un compte à régler avec cet homme ou, du moins, il avait un compte à régler avec lui. La réponse se situe probablement dans le passé d'Eugène, peut-être dans un passé lointain, avant son arrivée en Polynésie française. Il connaissait Eugène, assez pour que ce dernier lui fasse confiance et quitte en pleine nuit le centre hospitalier. Il avait le numéro de téléphone de la victime et si, par chance, nous parvenons à retrouver le téléphone d'Eugène, le numéro du dernier appel entrant sera selon toute vraisemblance celui du tueur... À moins qu'il n'ait emprunté le téléphone de quelqu'un d'autre pour appeler la victime, mais j'en doute. Eugène aurait dû mourir brûlé vif l'après-midi même. L'attaque des requins est un plan B. Un plan B audacieux et ardu, mais un plan B quand même... Le tueur sait naviguer et est capable d'orchestrer une attaque simultanée de plusieurs requins sur la victime. Aux dires de Stewart, une telle attaque ne se déclencherait que dans certaines conditions, notamment blesser la victime et la jeter à l'eau en même temps que des entrailles de poissons...

— D'où le malaise de notre doctorant en ichtyologie. Il s'est dit qu'avec ce dernier élément, il était tout désigné pour être le tueur...

Je hausse les épaules.

— Il n'est pas le seul à s'y connaître en requins dans l'île, je suppose...

— Certes non.

Le major me jauge, se demandant si je lui ai confié l'ensemble de mes réflexions. Il hésite encore un instant, mais je ne le laisse pas davantage me scier les nerfs.

— Est-ce qu'Eugène était suicidaire ? attaqué-je aussitôt.

Le regard vif du gendarme réapparaît quelques secondes avant de céder la place à un regard sans éclat. Notre gendarme est un bon acteur...

— Pourquoi ?

— Parce que la tentative de suicide est tout de même ce qui expliquerait le plus aisément l'immolation par le feu... Je peux comprendre comment Eugène a été aspergé d'essence, en revanche, comment le tueur s'y est pris pour enflammer l'essence renversée sur sa victime, cela m'échappe pour le moment...

Le major acquiesce. Il se décide enfin à parler...

— À ma connaissance, la victime n'était pas suicidaire. Bien au contraire, c'était quelqu'un qui appréciait la vie et tous ses plaisirs.

Je hoche la tête de façon machinale, plongée dans mes réflexions.

— Dans ce cas, comment le tueur s'y est-il pris pour mettre le feu à cette essence ? Juste après qu'il a été sorti de l'eau, Eugène m'a dit que l'essence avait été changée de place. C'est comme cela que le tueur s'y est pris pour qu'il s'asperge bien malgré lui. La plupart du temps ivre mort, Eugène n'était pas un homme à tout faire de premier ordre. En fait, d'après ce que j'ai vu, il était plus un poids qu'une aide dans le complexe hôtelier. J'aimerais bien savoir ce qu'un employeur peut trouver à l'emploi d'un tel salarié.

— À vous de me le dire... Après tout, vous êtes celle qui a vu le cabanon de la victime en premier après le passage du tueur...

Merdouille. Je devrais être plus prudente, quand je discute. Cette fois-ci, je ne parle pas à un quelconque Watson, mais à un gendarme.

— Effectivement, j'y étais avec Stewart Wellington, confirmé-je. Toutefois, nous avons eu beau nous précipiter juste après la confidence de la victime, le tueur était déjà passé avant nous pour récupérer le récipient, qui avait servi à asperger Eugène. Quant au bidon d'essence, il n'en contenait plus.

— Je vous le confirme, il s'agissait d'eau. C'est ce qui m'a mis la puce à l'oreille. Si le bidon contenait de l'eau, où se trouvait l'essence dont parlait la victime ? Et, surtout, comment cette essence a-t-elle pu s'enflammer ? C'est une question difficile, que nos services techniques sont bien incapables de résoudre en l'absence du contenant incriminé ou des vêtements de la victime.

Nous voilà bien ! Si la police scientifique n'est pas plus avancée que moi, le tueur a encore de beaux jours devant lui.

— Autre question, continué-je, nous savons que le tueur est allé chercher Eugène en pleine nuit au centre hospitalier, pour ensuite le précipiter dans son piège. Toutefois, d'après les quelques questions que j'ai pu poser, personne n'a entendu de moteur de bateau ce soir-là. Pensez-vous que le tueur aurait pu aller chercher Eugène en barque ?

Le major réfléchit un instant, puis fait un signe négatif de la tête.

— Non, les distances sont tout de même importantes et je pense que la victime, même si elle était encore sous l'emprise de l'alcool, ne serait pas montée dans une simple barque en pleine nuit. En revanche, ce point n'est guère un obstacle. Les bateaux sont amarrés un peu partout et il suffit de rejoindre un appontement un peu plus distant pour démarrer le moteur sans être remarqué.

Zut, une piste en moins.

— Je vois que vous avez bien réfléchi à notre affaire, Madame, constate le major. Puis-je savoir pourquoi vous êtes aussi certaine que le tueur est allé chercher Eugène en pleine nuit au centre hospitalier ?

— C'est logique. Aux dernières nouvelles, Eugène avait été laissé aux bons soins du centre hospitalier en observation pour la nuit. Le lendemain matin, on le retrouve mort dévoré par des requins. En toute bonne logique, compte tenu du nombre de bateaux sillonnant

Bora Bora le samedi matin pour raccompagner les vacanciers à l'aéroport, l'attaque n'a pas pu être perpétrée dans la matinée. Eugène a donc été tué pendant la nuit. Par conséquent, il a fallu qu'il quitte le centre hospitalier, de façon officielle ou pas. Toutefois, il n'aurait pas répondu à l'appel d'un inconnu, il fallait donc qu'Eugène connaisse son assassin pour quitter le centre hospitalier et le suivre en pleine nuit.

Le major acquiesce.

— La victime a quitté le centre hospitalier sans prévenir personne. C'est pourquoi nous ignorons à quelle heure Monsieur Eugène Duterry est parti. La seule chose dont nous disposons est d'une fenêtre horaire entre vingt-trois heures le vendredi soir et cinq heures du matin le samedi, heure de la première visite où sa disparition a été constatée.

Je réfléchis à ces différentes informations. Tout d'abord, je sais enfin le nom de famille de la victime, ce qui ne me mène nulle part pour le moment, mais qui va me permettre de faire quelques recherches sur Internet. Ensuite, Eugène a quitté le centre hospitalier en cachette. Pourquoi ?

— Pourquoi a-t-il quitté le centre hospitalier sans prévenir personne ? Il lui suffisait de signer une décharge et il était libre de ses mouvements. L'hôpital n'est pas un lieu de détention... À moins que la discrétion n'ait été sollicitée par le tueur lui-même. De peur d'être reconnu, il demande à Eugène de sortir par la fenêtre par exemple...

— Ce sont également mes conclusions, me confirme le major. Vous avez des capacités de déduction tout à fait intéressantes, Madame. Toutefois, je suis amené à vous réitérer mes conseils de prudence. Notre assassin est toujours libre, probablement proche et à l'affût du moindre accroc dans son plan. Si vous vous rapprochez trop de lui, il pourrait devenir dangereux. Me fais-je bien comprendre ?

Je hoche la tête, mais n'en pense pas moins. Je sais déjà tout cela, j'en ai bien conscience, mais il n'empêche que je ne renoncerai pas à poursuivre mes investigations parallèles. Quoi que ce major ait l'air tout à fait à même de mener son enquête...

— Je vous promets d'être prudente, concédé-je.

— Ce qui signifie que vous allez poursuivre vos investigations personnelles... Quelle est votre prochaine étape ?

— Dès que je le pourrai, j'irai parler à Raimana pour m'assurer qu'Eugène n'était ni dépressif, ni suicidaire... Ensuite, je ne sais pas trop.

— Si vous me promettez de ne pas y aller seule, je veux bien vous autoriser à discuter avec le restaurateur... Il vous apprendra peut-être des choses qu'il nous a tues.

Il n'est pas gonflé ce gendarme ! Déjà, je n'ai pas besoin de son autorisation, ensuite, si j'apprends des choses intéressantes, c'est donnant-donnant !

— Dans ce cas, vous me donnerez des informations sur le passé d'Eugène.

Il hausse les sourcils.

— Nous verrons en fonction de ce que vous trouverez, Madame.

Sur cette dernière phrase, il me salue et retourne vers le centre du complexe hôtelier. Il est encore tôt et, si je peux récupérer Serge ou Luc, nous pourrions peut-être aller voir le restaurateur pour améliorer notre quotidien et lui poser quelques questions...

Faute de disponibilité des garçons, je vais rendre ma visite intéressée[101] à Raimana en compagnie de Cyrielle. Pas dupe, la blondinette me scrute d'un œil soupçonneux. Je vais tenter de détourner son attention...

— Alors, comment vont tes amours avec le jeune et fringant Metua ?

Comme prévu, Cyrielle se tape un fard de toute beauté. Toutefois, elle ne mord pas à l'hameçon et me fusille du regard.

— Chloé, il faut qu'on parle.

Punaise, si même la blondinette s'y met, je ne vais pas m'en sortir cette fois-ci.

— Je t'écoute, Cyrielle.

— Je sais très bien que nous allons voir le restaurateur pour que tu lui tires les vers du nez. Toutefois, je n'arrive pas à comprendre pourquoi tu ne veux pas laisser la gendarmerie faire son travail.

Pour être honnête, c'est vrai que, cette fois-ci, le gendarme en charge de l'enquête a l'air tout à fait compétent et il a l'incroyable avantage d'être là, ce qui

---

[101] Oui, je suis intéressée tant par les confitures (miam), que par les renseignements que pourrait nous donner le restaurateur.

n'était pas le cas lors de mes deux précédentes expériences... Autant être honnête...

— Je crois que ça me plaît de faire des enquêtes. En fait, j'y ai pris goût. C'est une telle satisfaction de déjouer les plans de criminels que je n'ai même pas réfléchi. Quand Eugène m'a dit que l'essence avait été déplacée, j'ai compris que quelque chose de sombre se tramait. Malheureusement, cela n'a pas empêché ce pauvre homme de mourir...

— Le problème, Chloé, c'est que le tueur est toujours dehors et il peut très bien nous suivre en ce moment même.

— Je sais, dis-je avec quelque énervement.

— Je dis ça pour ton bien, rétorque Cyrielle. Si tu as envie de prendre des mauvais coups en poursuivant des criminels, c'est ton choix. Mais, dans ce cas, je te conseille de changer de métier...

— Mais j'adore être actrice...

Cyrielle me glisse un regard contrarié.

— Eh bien, écris-nous une pièce de théâtre autour d'une enquête. Comme ça, tu allieras tes deux passions.

Alors ça, c'est une bonne idée. J'adorerais écrire un huis clos meurtrier ! Ouah ! Cette blondinette me surprendra toujours par ses éclairs de génie !

— Tu as raison !

— Tu vas écrire une pièce ?

— Oui !

— Et tu vas abandonner ton enquête ?

— Non !

Cyrielle soupire tout en secouant la tête de gauche à droite. Heureusement, nous arrivons au restaurant de Raimana, ce qui met un point final à cette délicate conversation. D'évidence, mes compagnons de route ont peur que je ne reprenne un mauvais coup. Il faut dire que j'ai été servie la dernière fois. Il suffit que je fasse attention et, promis, je laisserai les gendarmes intervenir cette fois-ci.

À notre arrivée, Raimana nous salue. Sa terrasse est vide, ce qui m'arrange beaucoup. En dehors de lui et de Cyrielle, personne ne saura que je m'intéresse à Eugène.

— *'Ia ora na* !

— *'Ia ora na* ! Comment allez-vous, Raimana ?

— Bien et vous, Chloé ?

— Ça va, mais je me demande si nous allons rester aussi longtemps que prévu...

Le restaurateur fronce les sourcils. Manifestement, il ne voit pas où je veux en venir.

— Avec la mort d'Eugène, personne ne s'est inscrit à nos animations cette après-midi et je ne suis pas certaine que nous ayons beaucoup de spectateurs ce soir.

Le Tahitien hoche la tête avec lenteur, plongé dans ses pensées.

— Ce n'est pas bon pour les affaires cette attaque de requins. Moi aussi, j'ai constaté une baisse dans la demande de l'hôtel.

Nous regardons toutes deux le Tahitien avec des yeux de bulots hébétés[102].

— C'est moi qui fournis le restaurant de l'hôtel.

— Il n'y a pas de cuisinier ?

— Non, je viens le matin très tôt, je prépare tout et, ensuite, ils n'ont plus qu'à sortir les plats, les réchauffer si nécessaire et les positionner sur le buffet.

---

[102] Le regard du bulot n'est déjà pas vif, alors imaginez un bulot hébété...

— Je n'ai pas vu vos confitures sur le buffet du matin, s'insurge Cyrielle.

Cette remarque lui vaut un large sourire du Tahitien, teinté d'une légère touche de fierté.

— C'est vrai, c'est une exclusivité de ma boutique. Il faut bien que je réussisse à attirer quelques touristes ! nous confie-t-il avec des airs de conspirateur.

— Pour le coup, interviens-je, je me demande si nous allons réussir à attirer qui que ce soit. À mon avis, plus personne ne va oser mettre un orteil dans le lagon...

Raimana nous honore d'une grimace expressive.

— Ça m'étonne cette histoire, grommelle-t-il.

Enfin !

— Pourquoi ? Les requins attaquent parfois...

— Non, ce n'est pas à cela que je pensais. C'est plutôt le comportement d'Eugène qui est étrange.

Alors là, pour le coup, il me perd.

— Il avait horreur de se baigner, continue-t-il. C'était souvent un sujet de plaisanterie entre nous. Je lui demandais pourquoi il était venu en Polynésie, s'il n'aimait pas l'eau. Ce à quoi il répondait invariablement qu'on ne choisissait pas toujours sa destination...

Beuh ?

— Curieux, remarqué-je. Il me semblait que, lorsque Eugène était arrivé il y a une quinzaine d'années, il était riche, ce qui suppose qu'il pouvait choisir sa destination.

Raimana hausse ses larges épaules.

— Les gens sont bizarres parfois. Eugène était bizarre. Même ivre mort, personne n'a jamais réussi à lui faire dire ce qu'il faisait avant son arrivée à Bora Bora. C'était comme s'il avait oublié sa vie précédente...

Ou qu'il voulait l'oublier.

— Il était peut-être amnésique, propose Cyrielle.

— Non, répond Raimana. Il ne voulait pas en parler.

D'accord, cela m'ouvre des perspectives de réflexion. Un homme arrive de nulle part, sans avoir choisi sa destination, et débarque à Bora Bora, il y a une quinzaine d'années, sans que personne ne sache ni d'où il vient, ni ce qu'était sa vie avant. La seule chose que l'on sait, c'est qu'Eugène était riche... Une possibilité parmi tant d'autres : Eugène était un braqueur en fuite qui a pris le premier vol disponible et s'est retrouvé à Bora Bora avec le magot qu'il avait dérobé. Un ancien complice a retrouvé sa trace et l'a supprimé... Les petites cellules grises travaillent à plein régime ! Elles spéculent sans preuve, mais elles phosphorent à toute vitesse ! Voyons si je peux améliorer mon scénario...

— Est-ce qu'Eugène avait des amis ici ? demandé-je.

— Pas vraiment. Il venait toujours seul.

— Dans ce cas, pourquoi n'est-il pas rentré en Métropole après avoir dilapidé sa fortune ?

— Ici ou ailleurs, personne ne l'attendait.

Mouais... Ou disons qu'il était très attendu ailleurs... Du coup, entre les requins du lagon et ceux de sa connaissance, il a préféré les premiers...

Nous échangeons quelques banalités, choisissons le repas du soir, puis repartons avec une bonne réserve de confiture.

Nous nous éloignons, chargée de nos courses, et dès que nous atteignons le couvert des cocotiers, Cyrielle remarque aussitôt :

— Tu savais qu'il n'y avait pas de cuisinier au restaurant ?

— Non, ce qui ne m'arrange guère.

— Pourquoi ? demande-t-elle, surprise.

— Parce que cela me fait un suspect de plus. J'avais éliminé Raimana, parce qu'il ne pouvait pas se promener dans le complexe hôtelier sans éveiller les soupçons mais, si c'est lui qui se charge de la restauration, il remplit ce critère aussi. Pour le coup, comme nous ne sommes pas sûres qu'il soit innocent, tout ce qu'il vient de nous dire doit être pris avec circonspection.

Cyrielle soupire.

— C'est compliqué de faire une enquête !

J'acquiesce en silence.

— Toutefois, notre conversation a été très intéressante.

— Oui... tente la blondinette sans conviction.

— Tout d'abord, nous savons désormais que Raimana est en charge des cuisines de l'hôtel. Sur ce point, au moins, nous pouvons le croire, puisque cette information est vérifiable auprès de n'importe qui dans l'hôtel. Ensuite, quand j'ai affirmé qu'Eugène était riche à son arrivée en Polynésie française, il ne m'a pas contredite. Sur ce point également, nous pouvons le croire. Je vérifierai toutefois auprès de l'un ou l'autre des employés de l'hôtel. Enfin, nous allons devoir vérifier scrupuleusement les points suivants : Eugène n'avait pas d'amis, ni ici, ni en Métropole ; il avait horreur de se baigner ; il n'a pas choisi de venir en Polynésie française, cela s'est imposé à lui ; il ne parlait jamais de sa vie passée.

Les petites cellules grises de la blondinette se mettent en marche... Je le vois à la moue boudeuse qu'elle arbore toujours quand elle tente de saisir quelque chose.

— C'est curieux, cela me fait penser aux scénarios de ces films noirs, tu sais, quand il y a quelqu'un en fuite.

La vérité sort de la bouche des enfants... ou des blondinettes en l'occurrence.

🌊 ☀ 🌴

Après une pause dans notre cabane, pour y déposer nos achats, nous regagnons le « Bora Bora Lodge Prestige » pour tomber, ô surprise, sur un jeune Tahitien de notre connaissance. Manifestement, il attendait quelqu'un. Au hasard, je dirais la blondinette, qui le gratifie d'un petit signe de la main.

— Bonjour Metua, dis-je de façon sonore, afin d'être remarquée.

Comme je l'avais prédit, il sursaute, ne m'ayant pas du tout vue avec mon presque mètre quatre-vingts et mes cheveux ébouriffés par l'air marin... Bref, il a de la chance que je sois occupée ailleurs, sinon je me serais fait un plaisir de jouer avec lui, façon gros chat et souriceau !

— Bonjour, Chloé, ça va votre joue ? me demande-t-il tout de même.

Bel effort, mon garçon. Tiens, il a changé le bouton de fleur de tiaré de côté... Maintenant, il le porte sur l'oreille gauche... Un mystère de plus pour Miss Marple, mais je verrai ça à temps perdu... D'un geste machinal, je passe le bout de mes doigts sur ma pommette droite et constate qu'avec la biafine, la brûlure a quasi disparu.

— Oui, merci de t'en préoccuper. Puis-je te poser une question, s'il te plaît ?

— Bien sûr !

Promis, je vais être rapide. J'ai bien compris que vous aviez autre chose à faire tous les deux que de répondre à une quadragénaire[103] trop curieuse.

— Est-ce que tu as remarqué si une navette de l'hôtel était sortie dans la nuit de vendredi à samedi ?

— Ça, je ne peux pas répondre, avoue-t-il. Les navettes ont toujours les clés dessus. N'importe qui a pu en prendre une.

Comment voulez-vous enquêter dans des conditions pareilles ?

— Est-ce que tu crois que l'on peut s'éloigner avec l'une de ces navettes sans lancer le moteur ?

Il dodeline de la tête.

— Non. Les navettes sont trop lourdes pour cela.

— Est-ce que, sur cet îlot, il y a d'autres bateaux que ceux de l'hôtel ?

Il éclate de rire.

— Bien sûr ! En Métropole, vous avez des voitures. Chez nous, nous avons des bateaux !

Super ! Sur ce renseignement qui ne m'aide pas du tout, j'abandonne les deux tourtereaux à leur sort et me mets en quête du Major Monestier[104]...

---

[103] Presque une Miss Marple dans son jus de leur point de vue... Sales jeunes !

[104] Oui, parfaitement, je fais une fixette sur les gendarmes. Et alors ?

Il n'est pas très difficile de remettre la main sur le Major Thomas Monestier. Certes, le complexe hôtelier n'est pas si grand qu'il faille organiser une battue pour retrouver quelqu'un. Toutefois, c'est plutôt au bruit que je me guide vers les gendarmes... Qu'est-ce qu'il s'est encore passé ? J'ai à peine le temps d'approcher que le Major Monestier me saute dessus[105].

— Où étiez-vous ?

Beuh... Il me suspecte de quoi au juste ? À ma grande stupéfaction, alors que je suis indubitablement dans le camp des gentils, je m'aperçois que le gendarme n'est toujours pas convaincu par mon rôle d'auxiliaire de justice, mention Miss Marple[106].

Je me redresse de toute ma hauteur pour toiser le major avec toute l'indignation dont je suis capable. Comment ose-t-il me suspecter de quoique ce soit ? Mis à part mettre mon nez partout où il ne faut pas, je n'ai rien à me reprocher !

---

[105] En tout bien, tout honneur. Nous n'avons pas ce genre de rapport avec le major !

[106] Oui, parfaitement, auxiliaire de justice. Comment voulez-vous que je m'intitule ? Comment ça « fouineuse de classe internationale » ?

— Comme convenu, je suis allée voir Raimana en compagnie de Cyrielle que je viens d'abandonner près du ponton.

— Quand avez-vous retrouvé votre amie ?

— Cyrielle ? Juste après que nous nous sommes quittés... Qu'est-ce qu'il s'est passé ?

— Voyez par vous-même, me dit-il en me désignant un bungalow un peu en retrait.

Je m'approche, un peu circonspecte, et découvre que la maisonnette désignée avait été fermée par des scellés, qui n'ont guère retardé un ou plusieurs intrus. D'après ce que je vois par la porte ouverte, le bungalow que je soupçonne être l'habitation habituelle d'Eugène a été mis à sac.

— Ça s'est passé quand ? m'intéressé-je.

— Entre le moment où nous avons posé les scellés et maintenant.

D'accord. Le major ne me fait pas confiance. Ce n'est pas demain la veille que je l'appellerai Thomas... D'ailleurs, son prénom lui va très bien, il ne croit que ce qu'il voit...

— Bon, je ne vous demande pas ce qui a disparu, puisque je pense que vous l'ignorez et, même si vous le saviez, vous ne me le diriez pas. Je vais donc jouer franc jeu avec vous et vous dire ce que j'ai trouvé.

Ma petite introduction a au moins le mérite de surprendre le gendarme. Je continue :

— Le restaurateur de la plage est aussi en charge des cuisines de l'hôtel. Il peut donc se promener librement dans le complexe hôtelier, sans éveiller les soupçons. À titre personnel, je le rajoute donc à ma liste de suspects potentiels. Autre élément de réflexion qui ne me semble pas faire débat : Eugène Duterry était riche lorsqu'il est arrivé il y a une quinzaine d'années en

Polynésie française. Depuis lors, il a dilapidé sa fortune. Ne souhaitant pas rentrer en France ou partir pour une autre destination, il a trouvé un emploi ici même. Éléments à vérifier : Eugène n'avait pas d'amis, ni ici ni en Métropole ; il avait horreur de se baigner ; il ne parlait jamais de sa vie antérieure à son arrivée en Polynésie ; d'après Raimana, Eugène n'avait pas choisi de venir en Polynésie française, cette destination s'est imposée à lui. .

Mon Inspecteur Lestrade à moi[107] fronce les sourcils. Probable signe de concentration.

— Pourquoi devons-nous vérifier ces informations ?

— Parce qu'elles ne reposent que sur le seul témoignage du restaurateur. Il faut *a minima* que nous croisions les témoignages pour nous assurer de la véracité de ses dires.

Thomas ne peut réprimer un sourire, qu'il efface le plus vite possible. Il ne faudrait tout de même pas qu'un gendarme, dans l'exercice de ses fonctions, se montre sympathique.

— Très bien, Madame. Votre esprit analytique est intéressant et votre capacité à vous concentrer sur les éléments essentiels ferait de vous une excellente enquêtrice. Il est dommage que vous n'ayez pas rejoint les forces de police... Puis-je vous demander ce que vous concluez des éléments précédents ?

Ne te dérange pas, Lestrade, demande-moi de résoudre l'affaire à ta place pour que tu puisses en tirer tous les bénéfices... En fait, je m'en fiche. Je ne suis pas en compétition avec la gendarmerie.

------

[107] J'ai bien un Watson, je peux avoir un Inspecteur Lestrade si ça me chante ! Pour ceux qui ignorent de quoi je parle, tout d'abord honte à vous ! Ensuite, courez lire les Sherlock Holmes... Après avoir fini ma propre enquête, merci !

— J'en conclus qu'Eugène était probablement en fuite et qu'il a été rattrapé par son passé...

— Poursuivez.

— Ce ne sont que des suppositions !

— Elles m'intéressent quand même.

Il est casse-pieds ce Lestrade ! T'es un grand garçon !

— Bien... Nous sommes d'accord qu'il ne s'agit que de suppositions de ma part.

Il acquiesce en silence.

— Si je devais élaborer une petite histoire pour expliquer tout cela, je dirais qu'Eugène était un braqueur ou un voleur, qui s'est enfui avec un magot, en prenant le premier vol en partance de France métropolitaine et qu'il s'est retrouvé ici par le plus grand des hasards. Le hasard faisant tout de même bien les choses, Eugène a tranquillement dilapidé sa fortune pendant une dizaine d'années. Puis, ayant dépensé jusqu'au dernier centime de son butin, il a été obligé de reprendre le travail. Toutefois, la qualité des services rendus me laisse penser que cet homme n'a jamais fait grand-chose de ses dix doigts. Certes, il était alcoolique et le plus souvent ivre, mais je pense qu'il était surtout paresseux. Eugène était probablement un escroc ayant réussi un gros coup et qui en a profité au maximum, sans songer au lendemain. Pourtant, la chance a fini par tourner. Un complice trahi ou la victime a retrouvé sa trace et une vengeance a été fomentée. Plus j'y pense, plus je suis persuadée qu'il ne s'agissait pas d'un meurtre d'opportunité perpétré par un vacancier, qui aurait reconnu Eugène, et serait retourné chez lui ce matin. La preuve en est, le bungalow a été fouillé après le départ des touristes. Je pense que notre tueur est quelqu'un de patient, qui a pris le temps de s'assurer qu'il s'agissait bien du même homme. Après tout, cela fait une quinzaine d'années qu'Eugène est arrivé à Bora Bora. Le tueur est quelqu'un qui a décidé de se venger, de la plus terrible des façons, que ce soit par le feu ou par les requins, mais c'est aussi quelqu'un qui ne veut pas se faire prendre. D'où mon interrogation : qu'est-ce que le bungalow pouvait dissimuler qui aurait pu nous mettre sur la piste du tueur ? Autre question : pourquoi Monsieur Wagner a-t-il embauché un homme à tout faire aussi incompétent ?

Là, j'ai droit à un vrai sourire. Punaise ! Le major est un public difficile !

— Je me suis posé la même question.

Et... Rhaaa ! Ne me dites pas qu'il va me laisser en plan, après tout ce que je lui ai raconté !

— Avez-vous rencontré Monsieur Wagner ? poursuit-il enfin.

— Non. Je n'ai vu que sa fille ou sa nièce, je n'ai pas trop compris.

— Épouse. Madame Jessica Wagner est la cinquième Madame Wagner et, pour répondre à la question que je vois déjà poindre dans votre cerveau, oui, il est beaucoup plus vieux qu'elle. Il n'épouse que des femmes de vingt-cinq ans. Systématiquement. Le problème est que plus ça va, moins ça va...

Je lève les yeux au ciel, alors que le gendarme ne peut réprimer une légère grimace. Manifestement, il n'a pas été très convaincu par son entrevue avec Monsieur Wagner.

— Il a quel âge ? La Madame Wagner que j'ai rencontrée a une petite trentaine...

Soit j'ai affaire à un vieux cacochyme, soit nous avons le comte Dracula comme employeur...

— Quatre-vingt-deux ans.

Oh punaise ! Donc, si je fais le calcul. Monsieur Wagner a épousé sa cinquième épouse de vingt-cinq ans à l'âge de...

— Soixante-dix-sept ans, répond Thomas. Moi aussi, j'ai fait le calcul.

— Suis-je si prévisible pour vous ?

— C'est tout de même un peu mon métier de savoir lire les expressions... Par exemple, pour votre part, je pense que vous êtes une insatiable curieuse, qui a le don pour se mettre dans les difficultés les plus extrêmes. Aussi, je renouvelle ma demande que vous ne soyez jamais seule. Car si vous êtes curieuse et intelligente, vous n'êtes pas du tout discrète. Il y a de grandes chances que le tueur vous ait déjà repérée. S'il vous voit fureter un peu trop à son goût, il pourrait s'en prendre à vous.

— Je sais me défendre, dis-je d'un air boudeur.

— Je n'en doute pas, mais n'avez-vous jamais été en danger à cause de votre curiosité ?

Heu... Joker ! Je ne vois pas... Bon, d'accord, admettons... Rhooo, ça va !

— Vous voyez très bien ce que je veux dire. Par conséquent, prudence.

— Et c'est tout ? ralé-je.

— Je vous demande pardon.

— Quelle est la réponse à ma question ?

Il dodeline de la tête, soupesant les avantages et les inconvénients à me répondre.

— Monsieur Wagner m'a précisé avoir eu pitié d'un homme qui avait été riche et qui ne l'était plus. Dans une telle situation, il aimerait que quelqu'un lui tende la main, c'est pourquoi il a embauché Eugène.

Je fais une moue dubitative. La réponse me paraît invraisemblable...

— Je ne suis pas plus convaincu que vous, mais nous verrons...

Le major me salue et me laisse à mes pensées. Je jette un coup d'œil à ma montre et me rends compte que je vais devoir mettre le turbo, si je ne veux pas être en retard à la représentation de ce soir. L'enquête attendra !

*L*a représentation s'est bien passée, même si nous avons été loin de faire le plein. J'aurais préféré que nous ayons plus de public, mais tant pis. Alors que nous prenons la direction de notre cabanon réaménagé par Tahia et son équipe, j'en profite pour réfléchir à ce que je pourrais entreprendre pour poursuivre mes investigations en toute discrétion. Je suis assez d'accord avec le major sur le fait que je doive être prudente[108].

D'après ce que j'ai compris de notre conversation commune, mon Inspecteur Lestrade n'est pas loin de partager mon point de vue sur le passé louche d'Eugène. Bien évidemment, il ne faut pas fermer la porte à une haine récente mais, pour le moment, rien ne va dans ce sens. De toute façon, dans un cas comme dans l'autre, il faut que je trouve des personnes qui auraient pu connaître Eugène et qui seraient susceptibles de me donner des renseignements ou des précisions sur son mode de vie. L'îlot étant fort restreint, j'ai bien peur que mes potentiels témoins ne soient tous employés par l'hôtel. Il va être difficile

---

[108] C'est une première, notez-le !

d'interroger les uns et les autres sans me faire remarquer...

Alors que nous progressons à la lueur des lampes torches de nos téléphones sur le chemin chaotique nous menant au cabanon, une haute silhouette surgit devant nous. Cyrielle se met à hurler comme une enceinte déréglée de boîte de nuit ! Je pense que la faune locale a fui de l'autre côté de l'îlot, voire plus loin. Pour un peu, la flore suivrait.

— Pardon, je ne voulais pas vous faire peur.

Stewart avance vers nous les mains en l'air. Pourtant, nous ne braquons que nos téléphones portables sur lui.

— Très réussie votre approche ! râle Muriel.

— En quoi pouvons-nous vous aider ?

Je sens d'ici les vagues hostiles émanant de Serge. Un iceberg prêt à se fracasser contre un navire serait plus chaleureux.

— Je souhaiterais parler à Chloé... avoue Watson, un peu penaud.

— Chloé n'a pas de secret pour nous, intervient Luc, vous pouvez donc parler en toute liberté.

— Ne pouvons-nous pas attendre d'avoir rejoint la maison ? grommelle Cyrielle.

Je crois que la nuit tropicale et son cortège d'insectes, qui se jettent sur nos téléphones, scient les nerfs de notre blondinette.

— Je pense, effectivement, qu'il serait plus sage d'attendre d'être à l'abri avant de discuter.

Un chœur de grognements divers me répond et, puisque rien d'intelligible n'a été prononcé, je prends le parti d'interpréter les bougonnements comme une acceptation de ma proposition. Nous reprenons donc notre avancée nocturne, un Watson en prime.

Une fois rentrés, nous dressons la table et invitons Stewart à se joindre à nous. Il est encore un peu pâle. Cela m'étonne beaucoup. Je ne pense pas avoir été si brutale avec lui ce matin, à moins que ma conversation n'ait été suivie par un interrogatoire moins sympathique de la part de la gendarmerie...

— Qu'est-ce qu'il se passe, Stewart ? attaqué-je.

Il a l'air abattu.

— À cause de cette histoire de requins, je suis sur la sellette. Comme si j'étais le seul à en savoir assez sur ces animaux pour pouvoir déclencher une attaque...

— Et bien, il suffit de prouver que cela ne peut pas être vous ! m'exclamé-je.

— Comment ?

— Que faisiez-vous la nuit dernière ?

— Je dormais.

— Seul ?

Watson rougit jusqu'en haut des oreilles, ce qui est particulièrement visible sur sa peau de blond.

— Oui.

Dommage pour Madaaame Wagner mais, en lieu et place de son époux octogénaire, elle n'aura pas le beau surfeur aux yeux verts.

— Est-ce qu'à un moment ou à un autre de la nuit, vous êtes sorti et avez croisé quelqu'un ?

— Non. J'ai dormi. Je sais que c'est banal pour la nuit, mais je n'ai fait que dormir...

— Donc, vous n'avez pas d'alibi pour la nuit du crime.

Il sursaute, comme si je l'avais piqué avec une aiguille.

— C'est aussi ce qu'a dit cet épouvantable gendarme. Watson est un peu dur avec Lestrade !

— Ce qui ne signifie pas que vous êtes coupable, le rassuré-je. Après notre conversation, qu'avez-vous fait ?

— Il m'a fallu quelque temps pour reprendre mes esprits...

À cette précision, je vois les regards des quatre membres de la troupe se poser sur moi avec suspicion[109]. Ils n'ont pas besoin de parler pour que j'entende : « Mais qu'est-ce que tu as fait à ce pauvre garçon ? ».

— Avec l'aide de Tahia, le gendarme m'a conduit dans la salle de repos du bâtiment d'accueil et, ensuite, j'ai été interrogé par le Major Monestier. Je ne sais pas du tout combien de temps cela a duré. J'étais si sonné en sortant, que je suis rentré chez moi et je me suis écroulé sur mon lit pour faire la sieste. Ensuite, je me suis réveillé il n'y a pas si longtemps que ça...

En gros, en fonction de la durée de son interrogatoire par le major, ce couillon n'a pas d'alibi pour le reste de la journée. J'espère seulement que le Lestrade local a trouvé les scellés ouverts juste après sa conversation avec Stewart. Je verrai cela avec lui demain.

— D'accord, Stewart, reprends-je. Savez vous que le bungalow personnel d'Eugène a été fouillé après qu'il a été mis sous scellés par la gendarmerie ?

Il sursaute et s'écrie :

— Ce n'est pas moi !

---

[109] J'ai l'impression désagréable d'être cramée sur place par l'œil de Sauron... Brrr...

— Ce n'est pas ce que j'ai dit. Pour le moment, je cherche une idée pour vous innocenter. Pas d'alibi pour la nuit du crime, un possible alibi pour la mise à sac du bungalow de la victime en fonction de la durée de votre interrogatoire par le Major Monestier. Continuons. Depuis combien de temps êtes-vous sur l'île ?

— Je suis arrivé il y a dix-huit mois pour rédiger mon doctorat.

— Connaissiez-vous quelqu'un sur l'île auparavant ?

— Non, c'était la première fois que je venais.

— Pourquoi Bora Bora ?

Stewart a l'air un peu abasourdi par cette question.

— J'avais d'abord opté pour Tahiti, mais je me suis aperçu sur place qu'il y avait déjà quelques chercheurs. J'ai donc préféré changer de lieu d'investigation.

La réponse est plausible.

— Quand avez-vous fait la connaissance d'Eugène ?

— Dès mon arrivée. Comme je savais que j'allais rester quelque temps sur cet îlot, j'ai fait le tour des gens y travaillant pour me présenter.

— Aviez-vous une relation amicale avec Eugène ?

— Non, pas lui.

— Qui alors ?

— Je suis proche de Tahia et de Paul.

Je hoche la tête avec compréhension. Si je devais choisir des amis sur cette île, je crois que j'opterais pour ce jeune couple...

— Est-ce qu'Eugène avait des amis ici ?

Watson en reste muet un instant. Pourtant, il ne s'agit pas d'une question piège... Enfin, pas à ma connaissance...

— Je crois qu'il n'avait pas d'amis. C'était quelqu'un de taiseux, qui n'échangeait avec personne, à l'exception peut-être de Monsieur Wagner.

Tiens, un nouvel élément pour que j'aille discuter avec notre employeur.

— Se rendait-il souvent au restaurant de Raimana ?

— Presque tous les jours, comme chacun d'entre nous. Comme vous avez pu le constater, il n'y a guère de boutiques sur cette île. La seule qui existe est celle de l'hôtel et les prix sont exorbitants.

C'est vrai. J'ai jeté un coup d'œil à cette mini-boutique, qui se trouve dans le bâtiment d'accueil, et j'ai failli avoir une attaque cardiaque. Mieux vaut ne pas avoir oublié son dentifrice ou son gel douche... Dans le cas contraire, il vous faudra débourser trois à quatre fois son prix habituel pour l'acquérir dans la boutique du « Bora Bora Lodge Prestige ».

— Où allez-vous quand vous avez besoin de faire des courses ?

— À Vaitape, c'est la principale localité de Bora Bora.

Donc, en bateau. Il faut que j'arrête de prendre en compte cette donnée dans mon raisonnement, elle n'a rien d'étonnant ici.

— Avec qui vous y rendez-vous le plus souvent ?

— La plupart du temps avec Tahia et son mari. Paul est un homme très sympathique. D'ailleurs, c'était peut-être le seul qui parlait un peu avec Eugène.

Ce Watson est déprimant. Vous n'allez pas me dire qu'il n'aurait pas pu y penser plus tôt tout de même... Je l'observe avec attention, mais aucune lueur de compréhension n'anime son regard. Il est trop stressé pour ça.

— À votre avis, qui aurait eu avantage à assassiner Eugène ?

Il hausse les épaules pour toute réponse.

— Avez-vous noté un changement d'attitude chez quelqu'un ?

Cette fois-ci, enfin, une petite étincelle illumine son visage.

— Raimana avait l'air nerveux aujourd'hui.

C'est possible, mais je ne connais pas assez le restaurateur pour pouvoir en être certaine. En outre, l'assassinat de l'un de ses clients peut rendre quelqu'un nerveux, ce n'est pas forcément une preuve de culpabilité.

— Quand je vous ai interrogé sur la manière de s'y prendre pour déclencher une attaque de requins à coup sûr, vous m'avez parlé d'entrailles de poissons. Est-ce que c'est quelque chose que l'on trouve facilement sur l'île ou est-ce qu'il faudrait l'acheter ailleurs ?

— Raimana en a de pleins tonneaux avec tous les poissons qu'il prépare...

Raimana, Raimana, toujours Raimana...

— Est-ce que vous savez où il habite ?

La question le stupéfie. D'après ce que je comprends, le Tahitien est si souvent dans son restaurant que nul ne se demande où il vit.

— Je ne l'ai jamais rencontré ailleurs que dans son restaurant...

Bingo ! Dès demain, je rendrai une nouvelle visite à notre restaurateur préféré.

Après toute cette série de questions, je dois avouer que je suis un peu à sec. Suis-je plus avancée sur le statut de Watson ? Pas vraiment. La seule chose qui plaide en sa faveur, c'est qu'il a répondu avec patience à toutes mes questions sans chercher à ergoter ou à échapper à l'une d'elles.

Alors que j'attaque enfin ma portion de poissons au lait de coco, Watson se détend et me demande :

— Alors, Chloé, puis-je vous parler ?

J'avale ma première bouchée et je lui fais un signe affirmatif.

— Pendant l'interrogatoire, je me suis posé beaucoup de questions. D'après ce que m'en a dit le gendarme, ils n'ont toujours pas compris comment Eugène avait pu prendre feu hier. Nous sommes tous partis bille en tête sur l'essence, parce que c'est Eugène lui-même qui nous a mis sur cette piste. Mais, à bien y réfléchir, nous n'avons pas trouvé d'essence dans son cabanon...

— C'est vrai. Nous avons trouvé un bidon rempli d'eau, mais aucune trace d'essence...

Attends une minute, Watson, tu veux dire que...

— On réfléchit à l'envers depuis le début ?

Très fier de lui, Watson opine du chef. Je tente de rassembler mes souvenirs. Quels étaient les mots exacts d'Eugène quand je l'ai interrogé après l'avoir jeté dans la piscine...

— « Essence... pas à place... ». J'en ai conclu que l'essence n'était pas à sa place, mais il a peut-être voulu dire autre chose...

— J'ai fait quelques petites recherches en vous attendant et vous apprendrez qu'il est possible de créer des flammes à partir d'eau.

— Aïe, alors là, ça change tout, intervient Luc.

Depuis le début de la conversation, la troupe s'est tenue coite, mais je sais qu'ils n'ont pas raté une miette de ce qu'il s'est dit.

— C'est vrai, d'après mes souvenirs, il me semble que certains métaux plongés dans l'eau explosent et créent des flammes, confirme Serge.

— Donc, reprends-je, il se pourrait qu'Eugène ait déclenché lui-même le piège, en utilisant l'eau comme il l'aurait fait de l'essence. Il prend le bidon qu'il croit rempli d'essence, alors qu'il contient de l'eau, en verse le contenu pour faire je ne sais quoi et, contre toute attente...

— Une explosion se produit et Eugène est frappé par les flammes.

— Merde alors... résume Muriel.

— De quels genres de métaux parlons-nous ? s'intéresse Cyrielle.

— Plusieurs métaux peuvent réagir ainsi il y a le sodium, le lithium, le potassium...

— Et cela crée de vraies flammes ? demande Cyrielle pour confirmation.

— Oh oui ! admet Watson en sortant de son téléphone portable.

Il lance une vidéo intitulée « Du sodium dans l'eau », où nous voyons un professeur de chimie jeter une minuscule bille de métal dans de l'eau. Après quelques crépitements et l'émission de fumée, une flamme jaune orangée jaillit au milieu de l'eau avec beaucoup plus de force que je ne l'avais imaginé. Avec un morceau de métal plus important, nul doute que l'on peut obtenir beaucoup mieux comme explosion... Un peu déstabilisée par cet élément, je tente de comprendre :

— Il suffisait au tueur de mettre un gros bout de ce métal au fond d'un récipient, où il savait que tôt ou tard Eugène verserait ce qu'il croyait être de l'essence...

— Merde alors, confirme Muriel.

— Donc, le tueur n'avait même pas besoin d'être présent ou de surveiller. Il savait qu'un jour, l'explosion se produirait...

— Et bien, Mesdemoiselles, Mesdames et Messieurs, il va falloir que nous fassions attention où nous mettons les pieds, conclut Luc.

— Si on ne peut même plus se verser un verre d'eau tranquillement maintenant, grommelle Cyrielle.

Je dois avouer que cette information est perturbante. Le point positif est que Watson gagne peu à peu le statut de quelqu'un en qui je peux avoir confiance. Le point négatif est que le tueur est non seulement patient, organisé, mais qu'il est aussi extrêmement dangereux...

Chapitre 16.

Entretien avec un ours

Dimanche 2 juillet – Temps magnifique (on s'en fout). Journée... Je voudrais que nous revenions ensemble sur la définition de « paradis », je crois que certains éléments n'ont pas été compris...

D'un commun accord, Watson a passé la nuit avec nous dans le cabanon et s'est fort bien accommodé du hamac. Pourquoi ? Parce que nous avons tendance à croire qu'il n'est pas le tueur et que nous ne préférions pas le laisser rentrer seul en pleine nuit avec un meurtrier dans les parages. Je sais que Serge et Luc se sont relayés pour garder un œil sur lui toute la nuit, mais je crois que c'était inutile. Pour ma part, j'ai bien dormi et j'ai profité du minuscule lit positionné entre ceux de Cyrielle et de Muriel.

Nous nous sommes tous retrouvés pour le petit-déjeuner et avons abusé tant et plus des confitures de Raimana... Mon Dieu, cette confiture de bananes va me coûter ma ligne. Tant pis, je reprendrai l'entraînement quand je serai avec James Bond. Il n'y a pas pire qu'un ancien gendarme d'élite pour vous faire perdre votre gras... Ensuite, nous avons profité du réaménagement de la douche extérieure, ainsi que de la salle de bains intérieure, et nous sommes tous arrivés à nous préparer en temps et en heure pour rejoindre le centre du complexe hôtelier.

Alors que la matinée avait fort bien commencé, nous comprenons dès notre arrivée qu'un nouveau problème est survenu.

— Finalement, j'ai bien fait de rester dormir au cabanon... remarque Stewart.

Nous approchons du lieu de l'attroupement et discernons un gendarme empêchant l'accès au restaurant. Je m'approche de Tahia, la gouvernante, qui fait partie des badauds. Elle est bouleversée, son visage arborant une teinte grisâtre peu engageante.

— Bonjour, Tahia. Savez-vous ce qu'il se passe une fois de plus ?

Elle sursaute et pousse un cri de détresse, attirant sur nous tous les regards. Stewart lui pose une main fraternelle sur l'épaule. Voyant de qui il s'agit, elle pose aussitôt sa main sur celle de son ami (du moins aux dires de l'intéressé) et la serre entre ses doigts. Une fois de plus, ces deux-là ont des gestes familiers l'un pour l'autre... Quand Stewart a eu son malaise, j'ai surpris Tahia en train de lui caresser la joue ; quand Tahia a peur, Stewart la rassure par sa grande main posée sur son épaule. D'accord, ils sont peut-être amis finalement.

— Bonjour, Chloé, finit-elle par articuler. Je suis désolée. Tout est si confus en ce moment... Je ne sais pas ce qu'il se passe au juste, mais je crois que c'est très grave. Le Major Monestier était hors de lui et il a exigé que personne ne quitte l'hôtel aujourd'hui...

Allons bon, qu'est-ce qu'il s'est encore passé ? Ce n'est pas possible ! À ce rythme, il ne restera plus personne au bout de quatre semaines. Nous allons être obligés de rentrer en France faute de spectateurs !

Je stoppe net ma diatribe, quand la police scientifique sort avec un brancard sur lequel est déposé un sac mortuaire plein.

— Merde alors, souffle fort à propos Muriel non loin de moi.

Comme tu dis Muriel, comme tu dis...

🌊 ☀ 🌴

Alors que nous avions prévu une matinée plutôt sympathique, nous la passons enfermés dans le bâtiment administratif, avec tous les résidents de l'hôtel, à attendre que le Major Monestier nous interroge...

— Madame Chloé Lefebvre, s'il vous plaît.

En piste... Tout de même, je suis bien contente que nous ayons passé la nuit tous les six dans le cabanon... J'entre dans ce qui doit être un bureau de la direction d'habitude et trouve le major, aussi droit que la justice, juste à côté de la porte, qu'il referme derrière moi.

— Avez-vous des nouveautés à m'exposer, Madame ? dit-il sans attendre d'être assis.

— Heu...

D'accord, j'ai déjà été plus éloquente, mais vous avouerez que cette île devient proprement glaçante et pas au sens météorologique du terme, même si nous sommes en plein hiver austral[110]... Allez Chloé, reprends-toi !

— Tout d'abord, je tiens à vous dire que la troupe est restée ensemble du début de la représentation à ce matin, quand nous avons rejoint les abords du restaurant...

---

[110] « *Winter is coming* », comme disait l'autre...

— Je sais.

Heu...

— Ensuite, je vous précise que Monsieur Stewart Wellington s'est joint à nous de la fin du spectacle à ce matin.

— Je sais.

Heu...

— Je peux encore vous dire que Stewart Wellington a trouvé une théorie intéressante pour expliquer l'explosion...

— Du sodium ou un autre métal dans de l'eau. Ingénieux et, effectivement, très intéressant. J'en ai parlé aux agents de la scientifique qui sont en train de rechercher d'éventuelles traces dans le cabanon de la victime.

Maieuh !

— Si vous avez déjà parlé à Stewart, je n'ai pas grand-chose à ajouter, boudé-je.

— Vous confirmez ses dires, continuez.

Punaise ! Il a avalé un ours ce matin ou quoi ?

— À l'issue de votre interrogatoire d'hier, Stewart nous a précisé qu'il était retourné chez lui et s'était effondré sur son lit pour dormir. Si vous avez trouvé le bungalow personnel d'Eugène ouvert juste après son interrogatoire, cela tendrait à prouver qu'il n'a pas pu le fouiller...

Grognement d'ours en colère. Bon, je n'en obtiendrai pas plus...

— D'après Stewart, Paul Montclair était peut-être, et je dis bien peut-être, le seul qui discutait un peu avec Eugène. En dehors de lui et, éventuellement de Raimana, Eugène ne parlait pas beaucoup... exception faite de Monsieur Wagner...

Il hoche la tête, mais m'épargne son « Je sais ». C'est bien mon nounours, on fera peut-être quelque chose de toi.

— Raimana dispose de réserves d'entrailles de poissons... Cela vaudrait peut-être la peine de lui demander si quelqu'un lui en a acheté dans la semaine...

— Sûrement...

— Vous n'êtes pas très causant, Major...

Il me fusille du regard, puis se détend un peu.

— Je suis d'accord avec vous, Raimana ne nous avait pas tout dit et c'est probablement pour cela qu'il est mort...

— Merde alors !

Oh punaise, c'est contagieux !

— Pardon, m'excusé-je aussitôt.

— Oh, j'ai dit bien pire ce matin... Je déteste ce genre de situation. Quand un témoin veut jouer au plus fin avec les forces de l'ordre et qu'il en meure.

— Je crois que je vais demander à Stewart de s'installer dans le cabanon avec nous.

— Ce ne serait pas forcément une mauvaise idée.

Du coup, je peux en conclure que le Major Monestier estime Stewart plutôt innocent dans cette histoire... Sinon, ce gendarme est bon à enfermer !

Un silence s'impose quelques instants. Je pense vraiment que personne ne devrait rester seul chez lui avec un tueur de ce genre qui rôde.

— Comment est-il mort ? m'enquiers-je soudain.

Si je veux continuer à réfléchir de façon utile à cette affaire, il me faut des éléments plus récents.

— Égorgé. L'arme n'a pas été très difficile à trouver, c'était un couteau de cuisine laissé sur place...

— Donc, cela a eu lieu tôt ce matin. D'après ce qu'il m'avait dit, Raimana venait tous les matins à la première heure dans les cuisines du restaurant. Il préparait tout pour la journée et, quand il partait, les autres employés n'avaient plus qu'à réchauffer les plats ou à dresser le buffet pour les vacanciers.

Le major hoche la tête en silence.

— En revanche, sans m'avancer, je pense que ce nouveau crime nous donne de nouvelles indications sur le tueur.

— Lesquelles ? s'intéresse le gendarme.

— Tout d'abord, vu la corpulence de la victime, cela m'étonnerait que ce crime ait pu être perpétré par une femme.

Moue dubitative de l'ours.

— Ce geste ne nécessite guère de force, il faut de la vitesse et de la précision.

— Admettons, accordé-je pour calmer l'ours. Autre indication : le tueur a évolué d'une violence vengeresse à une violence d'intérêt. Il est prêt à tout pour couvrir ses arrières, y compris à tuer à nouveau.

— C'est vrai. Quoi d'autre ?

— Je suppose qu'égorger quelqu'un est assez salissant. Il faudrait peut-être vérifier le linge de chacun. Ce n'est pas une tâche insurmontable compte tenu du nombre que nous sommes.

— J'y ai pensé et nous avons retrouvé une blouse blanche de laborantin couverte de sang. Elle a été envoyée à Tahiti pour analyse, mais je ne me fais guère d'illusions. Notre tueur est très méticuleux.

— Vous ne supposez tout de même pas qu'il est venu en cuisine ce matin avec une blouse blanche, des gants, une charlotte et des chaussons.

— Et pourquoi pas ? En cuisine, l'hygiène est reine. Je pense que Raimana n'y aura même pas prêté attention.

Fichtre, cela commence à sentir le roussi.

— Eh bien quand les pistes annexes se ferment les unes après les autres, il reste toujours la piste principale. Qu'avez-vous appris du passé d'Eugène ?

Le gendarme sourit et secoue la tête de droite à gauche.

— Pour le moment, rien.

— C'est-à-dire ?

— Eugène Duterry n'existe pas.

Je retiens de justesse un nouveau « Merde alors ! ». Merci beaucoup Muriel pour cette nouvelle habitude d'une classe extrême.

Chapitre 17

À la pêche aux informations

Eugène n'existe pas... Ou, du moins, Eugène n'existait pas avant son arrivée en Polynésie... C'est bien ce que je soupçonnais. L'histoire personnelle d'Eugène n'a pas été un long fleuve tranquille et, tant que nous ignorerons sa véritable identité, il sera bien difficile de découvrir qui est son assassin. À moins que...

Une idée vient de me traverser l'esprit et je me précipite dans le couloir du bâtiment d'accueil, là où l'ensemble des photographies du personnel trône depuis des années. Quand j'arrive, j'en reste stupéfaite. Mais... Je me retourne pour vérifier que je me trouve bien dans le bon couloir. Pas de doute, la plaque qui trône en face de moi est celle du directeur de l'hôtel : « Monsieur Sylvain Ducret ». Alors, où sont passées les photos ?

Je scrute le mur où elles étaient exposées depuis des décennies et trouve la trace des cadres récemment enlevés. Une légère décoloration définit encore l'endroit où chacune d'entre elles était suspendue. En approchant encore du mur, je constate que même les crochets, auxquels étaient attachés les cadres, ont été retirés....

Mer... credi ! J'aurais dû venir voir ces photos plus tôt. Je savais que cet historique des différentes équipes s'étant relayées dans l'hôtel était intéressant. J'en suis là de mes réflexions, quand une silhouette apparaît à mes côtés.

— Puis-je vous aider, Madame ?

Je me tourne vers le directeur de l'hôtel et l'observe avec attention. Je ne l'ai rencontré qu'une seule fois lors de notre prise de poste. J'étais alors si effarée par les exigences qu'il nous exposait les unes après les autres que je n'ai pas prêté attention à lui en tant qu'homme. Certes, il est grand et fin, mais il est assez athlétique finalement, comme un marathonien.

— Il m'avait semblé apercevoir des photographies de l'équipe dans ce couloir. Comme je n'ai aperçu Eugène qu'une fois ou deux, je voulais voir à quoi il ressemblait.

Il a un mouvement d'impuissance.

— Il y avait effectivement des photographies des équipes aux jours anniversaires de l'ouverture de l'hôtel. Toutefois, Monsieur Wagner nous a demandé de les retirer pour un temps, le souvenir d'Eugène et de Raimana étant trop douloureux.

Monsieur Wagner... Le mystérieux Monsieur Wagner, le vieux-beau adepte des jeunes épouses...

— Je comprends... dis-je avec compassion[111]. Cela a dû être un tel choc pour ce monsieur. Voir deux de ses salariés se faire assassiner en deux jours, c'est une telle épouvante !

Sylvain Ducret déglutit, mal à l'aise. D'évidence, il n'apprécie pas ma spontanéité.

---

[111] Quoi ? Je suis actrice, je suis capable de feindre la compassion si j'en ai envie !

— Ce sont des événements très... difficiles. La réputation de l'hôtel va en pâtir.

Ah ça, c'est le moins qu'on puisse dire ! Le « Bora Bora Lodge Prestige », sa plage privative, ses bungalows de luxe et son tueur sanguinaire. Pour des vacances inoubliables ! S'il veut, je peux lui proposer une campagne de publicité[112]...

— Y a-t-il des annulations pour les semaines à venir ?

Mon interlocuteur me fusille du regard.

— Comprenons-nous bien, ce n'est pas de la curiosité malsaine mais, si je me souviens bien, il y a une clause dans notre contrat stipulant que notre engagement peut être réduit dans le temps en cas de difficultés économiques de l'hôtel.

Un éclair de compréhension traverse le regard du directeur.

— Oui, je... Je me souviens... J'avais oublié, parce que ce n'est pas une clause habituelle de nos contrats. C'est Monsieur Wagner, qui a tenu à l'inclure dans tous les nouveaux contrats avec nos prestataires... Je ne sais pas pourquoi le cabinet de conseil nous a proposé cette clause mais, malheureusement pour vous, il se pourrait que nous soyons amenés à la faire jouer.

Je hoche la tête.

— Donc, les annulations sont...

— Massives...

Sylvain Ducret passe sa main sur son front, comme si ce geste pouvait le soulager.

— Massives, répété-je. Dois-je prévenir le reste de la troupe ?

---

[112] Comment ça « c'est bien que tu ne travailles pas dans la pub » ?

Il hésite un instant, puis acquiesce d'un geste machinal.

— Oui... Sans l'interdiction de quitter l'île faite à nos vacanciers, nous n'aurions déjà plus personne dans l'hôtel.

Pour le coup, je suis stupéfaite. Je ne pensais pas que la désertion de la clientèle atteignait de tels sommets. Je soupire. Pas pour moi, mais plutôt pour Luc. Il était si fier de nous proposer ce contrat.

— Quand devrons-nous partir ?

Le directeur hausse les épaules dans un geste las et impuissant.

— J'espère que la situation va se rétablir, mais si les chiffres demeurent les mêmes, à la fin de cette semaine... Bien évidemment, nous prenons en charge le changement de billets...

J'opine du chef et prends congé du directeur de l'hôtel. Ces annulations massives ne m'enchantent pas plus que lui. Non seulement nous allons perdre beaucoup d'argent à cause de ce retour anticipé en France, mais encore le temps m'est compté pour dénicher ce tueur. J'ai bien conscience que ce n'est pas mon travail, mais mon instinct me dit que quelque chose cloche dans toute cette histoire.

🌊 ☀ 🌴

*J*e tourne en rond dans la salle de repos, seul endroit sur l'île où je peux bénéficier du wifi. Pendant ma conversation avec le directeur, une idée fugitive a traversé mon esprit, mais je n'arrive plus à mettre la main dessus. À un moment ou à un autre de notre conversation, Sylvain Ducret a dit quelque chose qui est entré en résonance avec un raisonnement que je suis depuis quelque temps. *Monsieur Wagner*... C'est ça. Depuis le début nous parlons de Monsieur Wagner, mais jamais je ne l'ai rencontré... Je m'empare de mon téléphone et débute une recherche sur notre énigmatique employeur. Tout d'abord, il faut que je découvre quel est son prénom. La réponse s'impose à moi très rapidement en me connectant sur le site de l'hôtel. Ah, ah ! S'ils ont enlevé les photographies de l'équipe dans le couloir, ils ont laissé la plus ancienne sur leur site Internet. Je l'enregistre illico pour ne pas risquer de renouveler l'expérience du couloir et je l'étudie avec attention, zoomant sur chaque visage présent. Pour le moment, rien de suspect.

Je m'intéresse alors à la présentation officielle du propriétaire de l'hôtel.

> *« Après une carrière de capitaine d'industrie dans la région paloise, Monsieur Jude Wagner a décidé de réaliser l'un de ses rêves et a investi la majeure partie de sa fortune dans le « Bora Bora Lodge Prestige ». Fondé le 14 janvier 1998, cet établissement touristique de luxe vous accueillera dans le calme de la nature polynésienne, au cœur d'un ensemble architectural traditionnel construit dans le respect des coutumes locales ».*

Mouais, donc, pour résumer : Jude Wagner. Ancien capitaine d'industrie de la région paloise. En Polynésie depuis janvier 1998, soit vingt-quatre ans... Pas loin de l'âge de sa nouvelle épouse[113]. Il a donc fondé son hôtel

---

[113] D'accord, ça, c'est petit et méchant, mais on ne sait jamais, ça peut avoir un intérêt.

à l'âge de... cinquante-huit ans... À l'âge où tous les autres aspirent à la retraite, lui fonde une nouvelle société. Du coup, je veux bien croire que ce soit un capitaine d'industrie.

D'accord... Maintenant que je sais son prénom, et que j'ai quelques éléments pour vérifier les occurrences, je tape le prénom et le nom de mon employeur dans la barre de recherche de Google. Zut, il y en a plein. Je vais ajouter la mention « Pau ». J'ai l'impression que c'est déjà plus pertinent. Voyons un peu ce que j'ai.

Je fais défiler les pages les unes derrière les autres sans trouver de renseignements utiles à la résolution du mystère qui me préoccupe.

Et si Monsieur Jude Wagner était l'assassin ? Après tout, ce n'est pas parce qu'il a quatre-vingt-deux ans qu'il est incapable de tuer quelqu'un. La tentative d'immolation par le feu ne nécessitait aucune force physique. En outre, Eugène aurait certainement suivi son employeur pendant la nuit et il suffisait d'un bon coup sur le crâne, par surprise, pour le jeter à l'eau au milieu des requins. De plus, Eugène était en observation à cause de son état d'ébriété avancé. Il n'était plus en possession ni de toute sa force, ni de son équilibre. Reste l'égorgement de Raimana. D'après le Major Monestier, il suffisait au tueur d'être rapide et précis... C'est peut-être là que le bât blesserait... Je hausse les épaules. Pour le moment, je ne peux pas écarter, de prime abord, notre employeur de la liste des suspects à cause de son âge.

Par conséquent, je vais tenter de savoir s'il a pu être victime d'un vol d'importance il y a entre quinze et vingt ans... Zut, ça ne colle pas. À l'époque, Jude

Wagner était déjà à Bora Bora, donc il ne peut pas être la victime d'Eugène.

À bien y réfléchir, si Eugène n'a pas choisi sa destination, c'est parce qu'il était sans doute en fuite ou, tout au moins, pressé. Le méfait qui l'a enrichi a dû être réalisé juste avant son arrivée à Bora Bora. Disons, au maximum dans l'année qui a précédé. En définitive, je cherche un vol ou une escroquerie s'étant déroulé il y a entre seize et quinze ans en France métropolitaine... Exit tous ceux qui vivaient déjà en Polynésie à cette époque...

Et merde[114] ! J'en reviens à ces fameuses photos dans le couloir qui m'auraient appris qui était là avant et qui est arrivé depuis. Il faut que j'en parle au Major Monestier. Je suppose que la recherche sans les photographies est possible, mais elle sera bien plus fastidieuse. Je sors du bâtiment en trombe, en bousculant presque Paul Montclair, le concierge, qui se trouvait derrière la porte de la salle de repos. Je l'observe un instant... C'est moi ou il rougit... Vu la bombe anatomique à laquelle il est marié, ce n'est pas moi qui lui fais de l'effet, donc il est gêné... Il me surveillait ? Je n'ai pas le temps de lui poser de question, qu'il file sans demander son reste...

*J*e ne mets pas longtemps à trouver le gendarme. À croire qu'il passe ses journées ici. En fait, c'est peut-être le cas. Quand je lui parle des photographies, il est aussi intrigué que moi mais,

---

[114] Bon, je suis dans ma tête, je peux dire « merde » si ça me chante !

quand je fais le rapprochement avec la possibilité d'y trouver la potentielle victime du vol perpétré par Eugène, il a une moue dubitative.

— Je trouve le raisonnement intéressant, finit-il par dire. Toutefois, ce serait explorer de très nombreuses pistes dont la plupart, si ce n'est toutes, ne déboucheront pas.

— Si nous trouvons qui est arrivé depuis moins de seize ans, nous aurons peut-être une indication sur l'identité de la victime du vol ou de l'escroquerie, ce qui nous permettrait de trouver l'identité véritable d'Eugène.

— Le problème, Madame, c'est que je sais déjà qui est arrivé depuis moins de seize ans et je peux vous donner l'information, elle n'a rien de confidentielle : tous les employés de l'hôtel en dehors de Monsieur Jude Wagner.

Je dois rouler des yeux ronds effarés, parce que le gendarme sourit avec un peu de compassion.

— Quand vous dites « tous », c'est « tous, sans exception » ?

Il inspire entre ses dents et hoche la tête de façon affirmative.

— C'est tous sans exception. Madame Jessica Wagner, Monsieur Sylvain Ducret, les époux Tahia et Paul Montclair, ainsi que les femmes de ménage, Luana Richmond et Nina Tomoe. Il en va de même pour Monsieur Stewart Wellington et Monsieur Metua Lucas.

Je me frotte le visage à deux mains. Punaise, cette histoire est un sac de nœuds ahurissant.

— Si nous partons de l'hypothèse qu'Eugène a quitté la France métropolitaine pour fuir ses complices et jouir seul des fruits de son larcin, ne pouvons-nous pas éliminer les Polynésiens de notre liste de suspects ?

— Non, la vengeance n'est pas le monopole des victimes directes. Tout d'abord, nous ne sommes pas certains qu'Eugène, ou quel qu'ait été son nom, ait fui la France métropolitaine et se soit retrouvé en Polynésie par le fait du hasard. Si mes souvenirs sont bons, c'est par le seul témoignage de la deuxième victime que cet élément a été établi.

— C'est vrai mais, d'après Stewart Wellington, nous pourrions peut-être confirmer certains éléments énoncés par Raimana auprès de Paul Montclair ou de Monsieur Jude Wagner. D'après Stewart, ils sont les seuls à avoir discuté avec Eugène.

— Pourquoi pas ? Cela vaut la peine de vérifier.

— Je voulais aussi savoir si Eugène avait subi ce genre d'accident avant la semaine dernière...

Le major fronce les sourcils, peinant à suivre mon raisonnement.

— Eugène était un alcoolique notoire, ce n'est un secret pour personne. Je me suis demandé, si j'étais à la place du tueur, comment je m'y serais prise pour l'éliminer en prenant le moins de risques possible pour moi. J'en suis arrivée à la conclusion qu'un banal accident était la meilleure solution. Une chute dans l'eau un soir de beuverie, par exemple. Ce qu'il y a d'étrange tant dans la tentative d'immolation par le feu, que par l'assassinat avec requins, c'est le côté spectaculaire de la chose.

Un éclair vif et tranchant traverse le regard du gendarme. Pour le coup, il me suit à cent pour cent.

— Un avertissement ?

— Le côté spectaculaire n'a pas d'intérêt pour la victime du crime. C'est plutôt adressé à ceux qui vivent.

— La difficulté est qu'Eugène était assez isolé, réfléchit le major. À ma connaissance, Raimana est né à Bora Bora et n'a jamais quitté son île.

— Pour sa part, je pense qu'il a tenté de faire chanter le tueur. D'après Stewart, une attaque de requins, comme celle qu'a subie Eugène, nécessite de jeter autour d'une victime blessée, des entrailles de poissons qui exciteraient les requins et les inciteraient à attaquer. De par son activité professionnelle, le restaurateur de la plage disposait toujours d'entrailles de poissons. Il en avait peut-être vendu à quelqu'un le jour du crime et s'en est souvenu fort mal à propos...

— Il aura fait chanter l'assassin, sans imaginer que cette personne était capable de l'assassiner lui aussi. C'est plausible.

Pour ma part, ce qui m'étonne le plus c'est que, sachant ce que l'assassin avait fait à Eugène, comment Raimana a-t-il pu imaginer faire chanter le tueur sans en subir les conséquences ?

— Vous semblez songeuse, Madame...

— Pourquoi Raimana ne s'est-il pas méfié ?

— Nous en revenons toujours à notre point de départ, Eugène et Raimana connaissaient leur tueur.

— Oui et, pour notre part, nous ne sommes pas capables de connaître l'identité de la première victime...

— Ça viendra.

Ça viendra si on secoue le cocotier ! Le tout étant d'éviter les noix de coco qui tombent !

Chapitre 18

Un homme mal sous tous rapports

J e sais ce que vous allez me dire : « Ne fais pas ça, Chloé, tu vas avoir des ennuis ! ». Et je vous répondrai : « Je n'aurais des ennuis que si je me fais attraper ! ». Comme je n'ai pas l'intention de me faire prendre, tout va bien. Vous pouvez vous détendre et m'observer en train de déplacer des scellés et de fouiller l'habitation de feu Eugène l'inconnu.

N'étant pas une tête brûlée[115], je décide de passer par la fenêtre arrière du bungalow donnant sur la forêt de cocotiers. Avant de venir, je me suis munie d'une charlotte pour éviter de perdre mes cheveux dans les lieux, c'est plus prudent, et j'ai également une paire de gants. Malheureusement je n'ai pas trouvé de surchaussures... Tant pis ! À la guerre comme à la guerre ! Je me glisse furtivement à l'arrière du bâtiment et rejoins la fenêtre que j'ai repérée avant de lancer mon opération « Chloé a besoin de renseignements pour continuer son enquête »[116]. Heureusement, pas de volet à forcer avec un pied-de-biche, juste une fenêtre à faire gentiment pivoter pour que je puisse me glisser à l'intérieur... Comment je fais pivoter la fenêtre ? Vous allez me

---

[115] Quoi ? Je ne vois pas du tout de quoi vous voulez parler...
[116] Comment ça « ce nom est naze » ?

poser des questions à chaque étape ? Non, parce que, dans ce cas, je préfère encore aller chercher mon Watson. Il est nul et ne sert pas à grand-chose mais, au moins, il me laisse faire ce que je veux. Comment cela, je ne réponds pas à la question ? Bon, puisque vous voulez tout savoir, je fais pivoter la fenêtre avec délicatesse au moyen d'un pied-de-biche[117]. Voilà ! Vous êtes contents ?

Bref, j'entre dans le bungalow, dûment revêtue de ma charlotte et de mes gants, puis j'observe l'intérieur. En fait, les investigations vont être vite menées. Eugène, ou quel qu'ait été son nom, disposait d'une pièce principale servant aussi bien de chambre, de salon, que de cuisine, ainsi que d'une minuscule salle de bains. L'espace est spartiate, avec un confort tout à fait minimal. Pourtant, avec le peu d'affaires dont disposait cet homme, l'endroit est un capharnaüm total. Je ne sais pas ce que le tueur cherchait, mais je peux vous dire qu'il a fait tout ce qu'il pouvait pour le trouver. Tout ce qu'il pouvait, sauf réfléchir. Je vais faire l'inverse... Réfléchir, puis fouiller...

Si je me mets dans la tête d'Eugène, je suis un homme, un délinquant, voire un criminel, qui a réussi son coup il y a quelques années. J'ai braqué une banque, j'ai volé un particulier riche, bref je suis à la tête d'une petite fortune et je fuis. Je fuis la police, mes éventuels complices à qui j'ai aussi volé leur part... Je fuis, pourquoi pas, la victime qui veut se venger. Avec mon magot, je pars à l'aéroport et je prends le premier avion qui décolle. Destination Bora Bora.

---

[117] Où est-ce que j'ai dégotté mon pied-de-biche ? Vous seriez surpris de savoir ce que notre abri de jardin réaménagé en logement de la troupe renferme entre ses planches branlantes.

Je sais que le Major Monestier met en doute cette version mais, pour le moment, c'est ce qui me semble le plus plausible. Donc, faute de mieux, je conserve cette version pour mon raisonnement.

Je suis arrivé à destination. Mon magot m'a suivi dans l'avion sans poser de difficultés. J'ai donc volé quelque chose qui était transportable. De l'or, des bijoux, quelque chose dont je sais que je vais pouvoir me défaire petit à petit, sans éveiller les soupçons. Quelque chose qui a pu embarquer sans embarras dans un avion et auquel personne n'a prêté attention. J'ai probablement mis mon butin dans ma valise en soute, en espérant qu'elle ne serait pas remarquée. J'ai peut-être volé des billets de banque, finalement. Bref, quelque chose de petit, de transportable, ne posant aucun problème pour être converti en monnaies sonnantes et trébuchantes.

À peine arrivé, l'argent me brûle les doigts. Je commence à vivre la vie, que j'ai toujours espéré mener, sans m'en donner les moyens. Certains travaillent toute leur vie pour mener grand train, moi j'ai réussi un gros coup et je vis comme tous ces imbéciles, qui s'échinent à économiser pour avoir de l'argent. Je vis même mieux qu'eux.

Je suis alcoolique et je m'enivre au champagne. Pourtant, d'après Raimana, je suis plutôt sympathique. Je n'ai pas des manières de riche. Parce que je ne suis pas riche. Tout l'argent que je dépense ne m'appartient pas. Il est à quelqu'un d'autre, quelqu'un qui l'a gagné, peut-être sur des générations, et moi je dépense tout. Je mène grand train. Je ne gère rien. Je vis comme un nabab pendant quelques années, le temps d'écouler ce magot. Et, soudain, la corne d'abondance est vide.

Je me retrouve ici. Dans un bungalow de service, le misérable logement de l'homme à tout faire que je suis devenu. Est-ce que je vais travailler pour subvenir à mes besoins ? Est-ce que je vais devenir honnête d'un seul coup ? Certainement pas ! Bien sûr que non !

Maintenant que j'y pense, c'est évident. Nous sommes partis du principe qu'Eugène travaillait honnêtement en tant qu'homme à tout faire mais, si c'était un escroc, il l'est resté. Il a dépensé le magot, il a cherché un point de chute en Polynésie française parce que le retour en France était impossible à cause du danger et, bien évidemment, il était malhonnête.

Je continue ma plongée dans la psyché du personnage Eugène :

Je reviens à ce que je sais faire et à ce qui m'a réussi. Je vole. Je monte une arnaque.

Rapaces !

Mais oui ! La seule et unique fois que j'ai approché Eugène de son vivant, il était avachi à la terrasse de Raimana et, quand il a entendu que je parlais des époux Wagner, il a crié : « *Rapaces* »... D'après lui, et à travers les brumes de l'alcool, les Wagner sont des rapaces. Dois-je en conclure qu'il leur donnait ce qualificatif en tant qu'employeurs ou en tant qu'associés ? Je n'en sais fichtre rien, mais je vais garder cette possibilité en tête.

Forte de ces déductions, j'observe le chaos autour de moi d'un œil neuf. Rien de ce que je vois fracassé au sol n'est personnel... De la vaisselle blanche basique, du linge de maison usé jusqu'à la corde, une lampe de bureau, une radio, un coussin éventré... Impossible.

Avec précaution, j'ouvre les rares meubles de la pièce de vie. Rien. Tout a été jeté pêle-mêle par terre. Par acquit de conscience, je tâte les étagères sous toutes leurs faces afin de découvrir si quelque chose a été collé à un endroit quelconque, mais je ne trouve rien... Impossible.

Après avoir vécu la meilleure partie de ma vie, je me retrouve homme à tout faire. Homme à tout faire pour un couple riche, travailleur... Non, pas un couple, pour Monsieur Wagner. Un ancien industriel ayant fait fortune et qui, à l'âge de la retraite, continue à travailler. Tout ce que je déteste. Tout ce que je méprise. Alors que nous avons été des égaux pendant des années, je me retrouve à lui mendier une place d'homme à tout faire. Dans sa grande magnanimité, il me l'accorde. Ce qu'il ignore, c'est qu'il a fait entrer le loup dans la bergerie. Je ne suis pas ici pour travailler, ni pour vivre, je suis ici pour préparer un coup...

Eugène ne vivait pas dans ce bungalow. Il n'y a rien de personnel. Pas une photo, pas un souvenir de ses bonnes années, pas un livre, pas un CD, pas un carnet, pas un cahier, rien... Il n'y a rien à trouver ici... Les affaires d'Eugène sont ailleurs... Mais où ?

Soudain, les éléments s'emboîtent. Eugène stockait ses affaires chez son complice Raimana...

🌊 ☀ 🌴

*J*e prends les mêmes précautions pour sortir que celles que j'ai prises pour entrer. Ce serait un comble de se faire embastiller pour avoir fouillé un lieu où la victime ne faisait au mieux que dormir.

La déesse des actrices fouineuses est avec moi, puisque je parviens à sortir sans être remarquée. J'enlève aussitôt mes gants et ma charlotte, que je fourre au fond de la poche de mon short. Maintenant, le tout est de trouver le logement de Raimana et d'Eugène. Qu'est-ce qu'ils préparaient tous les deux ?

J'en suis là de mes réflexions, quand Watson surgit à l'angle du cabanon. Ce couillon a failli me faire avoir une attaque !

— Je vous trouve enfin ! s'exclame-t-il sans aucune discrétion.

Qu'est-ce que j'ai fait au bon Dieu pour avoir des Watson aussi nuls ! Punaise de punaise ! Que quelqu'un me donne une pelle[118], que je l'assomme ! Plan B : Focus et concentration !

— Avez-vous trouvé quelque chose, Stewart ?

Oui, j'essaye d'être patiente et gentille avec les Watson. Ce n'est pas toujours facile, j'espère que vous reconnaissez mes efforts en la matière.

— Pas vraiment, mais le Major Monestier m'a conseillé de ne pas vous quitter d'une semelle...

Sainte Patience, priez pour moi ! C'est un complot, ils ont tous juré de m'empêcher d'enquêter ! Vous avez vu comme je progresse vite, quand on ne me met pas un Watson incompétent dans les pattes ! C'était trop beau pour durer.

— Vous étiez où d'ailleurs ?

Watson, tais-toi, tu me fatigues.

— Vous êtes-vous renseigné sur le lieu d'habitation de Raimana ?

— Non...

— Pensez-vous que quelqu'un saurait où il habitait ?

Watson fait une moue peu engageante.

— Je suppose que vous allez me répondre Paul ? reprends-je avant lui.

— Ah oui, c'est une bonne idée !

---

[118] Oui, j'ai toujours mon addiction aux pelles !

Je soupire. Je ne suis vraiment pas aidée.

— Sauriez-vous où je peux le trouver ?

— Qui ? Paul ?

Non, le pape ! Je vais demander ma canonisation pour supporter, sans les assassiner, tous les Watson que le destin me met dans les pieds !

Stewart comprend que sa question était un peu idiote et me fait signe de le suivre. Nous retournons vers l'accueil du « Bora Bora Lodge Prestige ».

🌊 ☀ 🌴

— Où vivaient les deux victimes ? répète le Major Monestier en fronçant les sourcils. À ma connaissance, Madame, ils ne vivaient pas ensemble.

Et oui, comme vous pouvez le constater, quand Watson me mène à Paul, il me conduit tout droit sur le gendarme que je tente d'éviter à toute force...

— Ils ne vivaient peut-être pas ensemble au quotidien, mais je suis certaine que nous trouverons les affaires personnelles d'Eugène chez Raimana.

Le gendarme me scrute à la recherche d'une réponse que je ne lui donnerai pas. Toutefois, par sécurité, je prends un air dégagé, l'innocence personnifiée.

— Puis-je vous demander par quel raisonnement vous êtes arrivée à cette conclusion ?

— Je me suis glissée dans la peau d'Eugène comme s'il s'agissait d'un personnage, en fonction des connaissances que nous avons de sa vie en Polynésie, puisque sa vie précédente nous échappe totalement.

Thomas[119] soupèse mon âme dans sa balance de la Justice. Il n'est pas aussi naïf que Watson et se doute bien qu'il y a quelque chose de sombre ou plutôt d'illégal, derrière mon trait de génie.

— Admettons... grogne-t-il. Vous pensez donc que la première victime a dissimulé les éléments liés à son passé ailleurs que chez elle... Pourquoi pas... Comme nous n'avons rien trouvé de très personnel chez lui ou dans son cabanon, je suppose que vous avez raison.

Ce n'est pas la peine d'insister, Thomas, je n'avouerai rien du tout.

— Toutefois, vous risquez d'être déçue, Madame.

Alors là, il m'étonne.

— Pourquoi ?

— La deuxième victime ne disposait pas d'un logement à part entière.

Heu... Dis-moi Lestrade, peux-tu être un peu plus précis, s'il te plaît ?

— Il vivait dans la mezzanine au-dessus du restaurant.

Punaise ! J'aurais pu y penser avant ! Maintenant, je ne vais pas pouvoir fouiller sans avoir Lestrade et Watson sur le dos... Quelle poisse !

— Bien évidemment, Madame, je vous interdis d'y aller.

Qu'est-ce que je disais...

---

[119] Oui, je l'appelle Thomas, c'est moins impressionnant que Major Monestier.

Chapitre 19.
À l'ombre des blattes

atson est un pétochard de première. Il m'a cassé les pieds pour m'accompagner et, maintenant, il sursaute à la moindre bestiole qui respire à côté de nous. Je ne vous parle même pas des insectes qui lui foncent dessus. Comment peut-il être un spécialiste des requins ? En toute objectivité, un requin est tout de même plus impressionnant qu'une blatte ! Eh bien non, j'ai le seul Watson au monde qui soit moins impressionné par un requin que par une blatte ! Punaise, on m'aura tout fait !

Je ne vous parle même pas des ruses de Sioux qu'il a fallu que j'utilise pour échapper à la vigilance de Luc et de Serge ! Je suis cernée ! C'est un miracle que j'enquête encore. Des gens moins acharnés que moi auraient abandonné[120] ! Il y a de quoi vous dégoûter du métier d'enquêtrice... Enfin, vous voyez ce que je veux dire ! Bref, nous sommes presque arrivés et j'ai un mauvais pressentiment, comme si quelque chose clochait. Je n'aime pas ça du tout. Généralement, j'ai du nez pour les ennuis... J'éteins mon portable pour en dissimuler la lumière, aussitôt suivie par Stewart. Pour une fois, bon réflexe, Watson ! J'écoute et j'observe...

---

[120] Je peux vous dire qu'il m'en faut de la constance !

Je jette un coup d'œil à côté de moi, mais Stewart n'a pas changé. Il a toujours peur, sursaute au moindre bruit et je me demande bien pourquoi il m'a accompagnée jusque-là. Aurait-il le syndrome du preux chevalier ? Pourtant, je n'ai rien d'une demoiselle en détresse.

Mer... credi ! Impossible de mettre la main sur le détail qui m'a mis la puce à l'oreille. Peu importe, cela viendra en temps et en heure. En attendant, j'empoigne ma matraque télescopique. On ne sait jamais...

Un craquement plus fort que les autres. Il y a quelqu'un. Je me jette sur Watson et le pousse derrière le cocotier le plus proche. J'appuie mon index sur sa bouche pour lui faire comprendre de se taire. Puis, je jette un coup d'œil sur le chemin et vois passer une ombre. C'était moins une... J'hésite. Dois-je me jeter à la poursuite de cette ombre, au risque de tomber sur un gendarme ? Après tout, le major a été très clair. Il m'a interdit de m'approcher du restaurant...

Dans le doute, je préfère m'abstenir. Qu'il s'agisse d'un gendarme ou du tueur, mieux vaut le laisser partir. Du moins, pour le moment... Je scrute l'endroit où la silhouette sombre a disparu et je fais signe à Stewart de me suivre.

Nous nous approchons par l'arrière du restaurant. Sauf si nous tenons à être repérés, je ne vois pas l'intérêt de longer la plage. Malheureusement, à l'arrière, ni porte, ni fenêtre, ni aucun accès... Peste[121] !

— Je vais jeter un coup d'œil, propose Stewart.

Je n'ai pas le temps de faire le moindre mouvement, qu'il fonce tête baissée vers l'entrée principale. S'il y a des gendarmes, il servira au moins à détourner leur

---

[121] Oui, je sais être polie parfois...

attention, pendant que je prendrai la poudre d'escampette... Je sais, ce n'est pas très gentil pour Watson, mais ce n'est pas moi qui l'ai envoyé vers l'entrée du restaurant...

À ma grande surprise, Stewart réapparaît très fier de lui, au bout de quelques instants.

— C'est bon, Chloé, nous pouvons entrer...

— Comment ça, « nous pouvons entrer » ? Il doit bien y avoir des scellés...

— Je n'ai rien vu de tel.

— Si vous n'en avez pas vu, c'est que nous avons été devancés, une fois de plus. Par conséquent, la silhouette, que nous avons croisée sur le chemin, n'était pas un gendarme, mais le tueur.

Je n'ai pas besoin de voir Stewart pour savoir qu'il est à deux doigts de tomber dans les pommes.

— Vous avez apporté vos gants et le reste ? continué-je pour lui changer les idées.

— Oui, dit-il sans conviction. Mais...

— Mais vous préférez rester dehors.

— En fait, je préférerais repartir tout de suite.

— Moi aussi, mais j'ai besoin de voir l'intérieur pour savoir ce que je cherche. Quand j'y serai, je saurai de quoi il s'agit. Mettez-vous à l'entrée du restaurant dos au mur. Au moindre bruit suspect, vous tapez contre la porte et vous partez en courant, suis-je claire ?

Il hoche la tête en silence et nous contournons le bâtiment.

*L*a porte principale était ouverte et les scellés jetés à terre. Avant d'entrer, j'ai pris une photo de l'état dans lequel nous avons trouvé le bâtiment. Watson s'est positionné à l'entrée, pendant que j'avançais dans le restaurant... ou plutôt dans les cuisines et les réserves, puisqu'il n'y a aucune place à l'intérieur. Mais où vivait-il ? C'est minuscule. Je comprends mieux pourquoi le Major Monestier n'était pas très intéressé par mon hypothèse. Pourtant, je suis certaine qu'Eugène avait conservé de sa vie passée quelques éléments. Il est impossible qu'un homme de son âge n'ait aucune possession. Ce n'était tout de même pas un moine bouddhiste[122]... S'il ne conservait pas ses affaires personnelles dans son logement de fonction, il fallait bien qu'il les garde ailleurs... Quel meilleur endroit que le restaurant de Raimana, où il se rendait quotidiennement, ne serait-ce que pour boire ?

Plan B : Focus et concentration. Entre les gendarmes et le tueur, je n'ai pas le temps de faire le point sur ma vie au milieu de cette pièce, où je n'aurais même pas dû mettre un pied.

Le major a parlé d'une mezzanine, reste à savoir où elle est. J'observe les environs avec attention, en veillant à bouger le moins possible. Soudain, je vois une espèce de trappe dans le plafond et devine, plus que je ne la vois, une échelle à faire descendre. Mes gants et ma charlotte bien en place, je me déplace avec la prudence d'une ninja, la vélocité en moins, et rejoins ce qui a attiré mon attention. L'échelle ne fait guère de difficulté pour me rejoindre au rez-de-chaussée. Un dernier coup d'œil aux environs et je grimpe au semi-étage.

C'est quoi cette odeur... Oh punaise ! Je viens de tomber dans un piège à mammouths... Encore un !

---

[122] Loin de là ! Un ivrogne que se saoule au champagne n'a rien compris aux préceptes de Bouddha, c'est moi qui vous le dis !

Bien joué, Chloé ! Je comprends mieux pourquoi le tueur est reparti sans demander son reste... Pour le coup, il s'est montré plus avisé que moi... Bon, puisque j'en suis là, autant boire la coupe jusqu'à la lie ! Plan B : Focus et concentration !

Contrairement au logement d'Eugène, la pièce que je trouve est encombrée dans le moindre recoin. Des piles de livres, de CDs, de DVDs, de souvenirs divers forment un bric-à-brac invraisemblable dans lequel une vache ne retrouverait pas son veau. Le seul endroit à peu près tenu correctement est le dessus d'un coffre bas, où je devine plusieurs cadres contenant des photographies. Je peux toujours commencer par-là, je verrai bien si cela me mène quelque part.

Les photographies sont anciennes, usées et décolorées. Sur certaines, je reconnais Raimana plus jeune, souriant, entouré d'amis ou de sa famille. Je me demande où sont passés tous ces gens. Éclairée par mon téléphone portable, je scrute le moindre visage à la recherche d'un indice quelconque. Pourtant, je ne reconnais personne.

Je pourrais tenter la même chose qu'avec Eugène. La difficulté ici, c'est que j'ai encore moins d'éléments sur Raimana que sur Eugène. En vérité, mis à part le fait que c'était un bon restaurateur, je n'ai pas la moindre idée de qui était cet homme. D'après l'état de son intérieur, il aimait accumuler, mais n'était pas ordonné pour autant.

Plan D : Adaptation et réflexion. Cette pièce ne dispose que d'un seul lit, donc il ne s'agissait pas d'un logement habituel pour Eugène. En toute bonne logique, il devait dormir dans son logement de fonction. J'en veux pour preuve le linge usé jusqu'à la corde... Toutefois, nous n'avons rien trouvé de personnel dans ce lieu. Compte tenu de la fréquence des visites d'Eugène à Raimana, j'ai supposé que ce dernier pouvait conserver chez lui certaines des anciennes affaires du premier. Quand je vois l'état de cette pièce, ce n'est pas impossible, mais comment faire la différence entre les affaires des deux hommes ? Les photographies que j'ai observées appartenaient toutes à Raimana. Par conséquent, la question est : si j'étais lui, où est-ce que je cacherais une boîte ou une valise que me confierait Eugène ? Si je pense qu'il est honnête, je ne la cache pas. Si je pense qu'il est malhonnête, je ne la laisse pas au vu et au su de tout le monde... Un coup d'œil circulaire m'apprend qu'il n'y a nulle trace d'une boîte ou d'une valise... En revanche, il y a le coffre avec les photographies... Je me retourne pour observer de nouveau le seul endroit à peu près rangé de la pièce. Et si les photographies n'étaient qu'un leurre, si elles n'étaient là que pour habiller quelque chose qui ne lui appartenait pas...

Je me rapproche de la grande caisse en bois. Je passe un doigt le long du couvercle et constate qu'il n'y a presque pas de poussière dessus. En revanche, quand je fais de même sur l'étagère à côté, la couche de poussière est tout à fait impressionnante. Ce coffre était donc manipulé de façon quotidienne. Je retire les photographies qui en empêchent l'ouverture, les pose de côté et glisse mes doigts le long du couvercle, à la recherche d'un mécanisme quelconque. Rien...

Je me décide à soulever le couvercle en espérant qu'il n'est pas piégé. Ce serait le pompon ! Toutefois, sa manipulation quotidienne m'encourage à faire confiance à mon ange gardien, qui doit en avoir un petit peu marre de moi... À la première poussée, le coffre cède et s'ouvre sans difficulté. Merci ange gardien ! Nous y voilà.

J'observe le contenu avec attention, consciente qu'il faut que je ne bouge que le strict nécessaire, voire rien du tout dans le meilleur des cas. Toutefois, la visite précédente du tueur m'engage à ne pas laisser derrière moi quelque chose qui pourrait le faire condamner ou nous en apprendre davantage sur son identité.

J'y découvre quelques vêtements, une liasse de vieux journaux, des jetons de casino, un revolver hors d'âge, ainsi que des boutons de manchettes, des cravates et d'autres vestiges des temps glorieux où Eugène était riche. Je m'intéresse à la date des journaux mais, finalement, ils ne sont pas si vieux que ça... J'en feuillette deux ou trois au hasard et j'en conclus qu'Eugène s'en servait pour parier sur des courses hippiques... Pour le moment, ce n'est pas ce que cherche. Je veux savoir qui il était avant d'arriver en Polynésie. Mes yeux tombent sur un carnet enseveli sous les cravates. Je m'en saisis aussitôt, le feuillette avec ardeur, mais comprends qu'il s'agit des spéculations hippiques d'Eugène. Aucun intérêt. Alors que je replace le carnet à sa place, une feuille de papier tombe et j'y jette un coup d'œil par acquit de conscience. C'est un article de journal découpé à la va-vite, peut-être un marque-page.

Quand mes yeux parcourent les premières lignes, mon cœur fait un triple lutz[123]. Enfin ! Depuis le temps que ce sapajou m'échappait ! Je jette un coup d'œil par-dessus mon épaule, c'est bon, rien ne bouge. Je ne

---

[123] Heureusement pas piqué ! Ça doit faire mal...

tiens pas à prendre un mauvais coup au dernier moment[124]...

> *« Toujours en cavale,*
> *Victor Paulin reste introuvable*
> *Cela fait déjà deux mois que le principal suspect dans l'affaire de la spoliation des héritiers Bastan a disparu, laissant derrière lui son ancienne employeuse désemparée. Rappelons que Madame Georgette Bastan, veuve du célèbre industriel Aimeric Bastan, a vu disparaître en même temps que son homme à tout faire la quasi-totalité de ses économies, qu'elle conservait chez elle sous la forme de lingots d'or, de bijoux et autres pierres précieuses... »*

Je te tiens, Victor Paulin. Enfin, disons que c'est la Faucheuse qui te tient pour le moment, mais tes crimes vont ressurgir du passé... Ainsi, notre homme à tout faire du « Bora Bora Lodge Prestige » avait déjà exercé cette profession pour mieux spolier la vieille dame chez qui il travaillait. Cela m'étonnerait que le tueur soit une honorable dame âgée... Toutefois, l'article fait référence à la spoliation des héritiers Bastan... J'ignore combien Victor Paulin leur a volé, mais nul doute qu'il s'agit d'un bon mobile de crime.

— Bastan, murmuré-je plongée dans mes pensées.

Je n'ai pas souvenir que qui que ce soit s'appelle ainsi à l'hôtel. Toutefois, j'ignore les noms de jeune fille des femmes mariées... En outre, si on saute une génération, les héritiers peuvent avoir n'importe quel nom...

---

[124] Merci bien, j'ai déjà donné !

Je replie la coupure de presse et la replace dans le carnet. Y a-t-il autre chose d'utile dans ce coffre ? Je plonge le nez dans les méandres de la vie d'un voleur et y cherche les vestiges passés de son art. Si Eugène, ou plutôt Victor, a volé une fortune en bijoux, en pierres précieuses ou en or, il doit bien en rester quelque chose tout de même... Ma main rencontre une boîte recouverte de velours... Un écrin ? Je me saisis de la boîte longue et rectangulaire. À travers mes gants, j'ai l'impression que le velours est un peu râpé... Une vieille boîte ? Je l'ouvre d'un mouvement rapide. Un bracelet de toute beauté s'y trouve. Même dans la pénombre ambiante, la moindre parcelle de luminosité l'illumine de mille feux. Ça, je suis certaine que cela vaut une fortune...

— Ah, vous l'avez trouvé !

Pfff, on ne peut jamais enquêter tranquille...

> ### Manuel de survie de Chloé[125]
>
> ### 🌴 Spécial zone Pacifique 🌴
>
> Règle n°1. La blatte n'est pas dangereuse, mais désagréable. (Compte tenu de la faune locale, la blatte est finalement assez agréable).
>
> Règle n°1 bis. Contre les blattes, adopter des lézards... (Les lézards aussi).
>
> Règle n°2. Le scolopendre est désagréable, mange la

---

[125] D'accord, je sens qu'il va s'améliorer sous peu mon tableau...

blatte et pique les humains. (Finalement, je m'en fiche un peu).

Règle n°3. Porter de grosses chaussures lors des baignades pour éviter la piqûre du poisson-pierre... (Bof, je n'ai même pas eu l'occasion de tremper un orteil, alors...).

Règle n°4. Les requins... (Pffff...).

Règle n°5. Toujours avoir de la biafine dans les bagages. (La biafine c'est bien, un gilet pare-balles, c'est mieux !).

🌴🌴🌴🌴🌴

Rappel des plans de survies de base

Plan A : Silence et observation.

Plan B : Focus et concentration.

Plan C : Discrétion et camouflage.

Plan D : Adaptation et réflexion.

Est-ce que je surprends quelqu'un si je vous dis que Watson est derrière moi, dûment armé de... Mais qu'est-ce qu'il tient ce couillon ? Un bâton ? Trop nul, Watson, mais je note que cela ne le dérange pas de me menacer... Méchant Watson ! Je vous l'avais dit, je ne le sentais pas du tout ce surfeur toutes options... En revanche, il me manque quelques pièces à mon puzzle... À moins que...

— Quel est votre lien avec la famille Bastan ?

Il hoquette, visiblement surpris.

— Vous vous croyez très intelligente, n'est-ce pas ?

Je hausse les épaules. Décidément, il m'aura cassé les pieds jusqu'au bout celui-là...

— Donnez-moi le bracelet, ordonne-t-il.

Je tiens toujours l'écrin et je ne suis pas prête à le lâcher...

— Donc, vous tuez pour de l'argent... Je suis un peu déçue. Je trouve que la vengeance avait un petit peu plus de panache.

Décontenancé, Stewart en reste bouche bée un instant.

— Veuillez m'excuser Chloé, mais je tiens à m'assurer d'un point. Vous vous rendez compte que je tiens une arme dans la main, n'est-ce pas ?

— Oui. Un bout de bois. Ce qui signifie que si vous voulez me faire du mal, il va falloir vous approcher de moi.

Il déglutit, conscient de sa bêtise. Cet homme n'est pas un assassin dans l'âme. Il pensait m'impressionner et se rend compte, un peu tard, qu'il s'est trompé.

— Soyez raisonnable, Chloé. Donnez-moi ce bracelet.

— Donnez-moi une bonne raison.

— Je... Il appartient à quelqu'un.

— Certes, je m'en doute, mais à qui ?

Il claque sa langue, décontenancé.

— Chloé ! Ce bracelet nous appartient ! Nous...

— Vous êtes donc plusieurs héritiers Bastan ici...

Il sursaute, pris la main dans le sac.

— Non, je suis seul !

Dommage qu'il fasse si sombre, j'aurais bien aimé voir sa bouille... De toute façon, je sais qu'il ment. Je l'ai assez côtoyé pour repérer le léger tremblement dans sa voix.

— Avouez-vous avoir jeté Eugène aux requins ?

— Non ! Ce n'est pas moi ! Je mentirais si je vous disais que je regrette la mort de ce monstre, mais ce n'est pas moi ! Quelqu'un essaye de me faire accuser !

— C'est vrai... concédé-je. La mort si particulière d'Eugène était une piste grossière vers vous mais, dans ce cas, qui est l'adversaire ?

Un silence. Ça m'aurait étonnée que Watson ait une idée...

— Donc, vous êtes l'un des héritiers spoliés par Victor Paulin. Je peux comprendre que, quand on est né riche et qu'à cause d'un escroc, on se retrouve pauvre, on puisse lui garder un chien de sa chienne. Toutefois, cette affaire a eu lieu il y a une quinzaine d'années, vous étiez donc fort jeune à l'époque... Il a volé votre grand-mère, votre arrière-grand-mère ?

— Ma grand-mère, souffle Stewart.

— Comme vous vous appelez Stewart Wellington, je suppose que c'est votre mère qui appartient à la famille Bastan, la fille de la dame volée. Je comprends mieux. Pendant que votre mère vivait en Australie avec son époux et son fils, elle a laissé sa propre mère aux bons soins d'un homme à tout faire, Victor Paulin, en qui tout le monde avait confiance. Mais, voilà, Victor n'était pas un homme de confiance. Il grappillait petit à petit la fortune familiale et, quand il a senti que la vieille dame commençait à se méfier, il a pris le tout, avant de disparaître.

Un silence de mort me répond. Punaise, il sera pénible jusqu'au bout ce Watson ! Comment je fais pour savoir si j'ai raison ou pas ? En plus, avec la pénombre ambiante, je n'y vois goutte.

— Pas de commentaire ? insisté-je. Je continue, alors. Après sa fuite, Victor est activement recherché, mais il a bien préparé son coup. Il a même prévu une nouvelle identité. À peine le vol perpétré, il se précipite vers l'aéroport le plus proche et prend le premier vol en partance hors de France. Destination la Polynésie française, probablement Tahiti dans un premier temps. Toutefois, méfiant, celui qui se fait désormais appeler Eugène Duterry préfère s'installer encore un peu plus loin et jette son dévolu sur Bora Bora. Je peux le comprendre, c'est magnifique ici... Abstraction faite du nombre de criminels au centimètre carré... Bref, il vit grand train le temps de dilapider votre fortune familiale puis, n'ayant rien géré, ni rien anticipé, il se retrouve comme au premier jour, pauvre comme Job. Cette mésaventure lui a-t-elle servi de leçon ?

Certainement pas. Malhonnête un jour, malhonnête toujours. Puisque sa précédente place d'homme à tout faire lui a permis de réaliser un gros coup, qu'à cela ne tienne, il cherche parmi ses connaissances un homme assez généreux pour le prendre en pitié et lui proposer ce poste. Jude Wagner sera son prochain pigeon. Êtes-vous d'accord avec moi jusque-là ?

— Non, si vous aviez rencontré Jude Wagner, vous sauriez qu'il n'a rien d'un pigeon. C'est un homme dur, implacable et malhonnête. Mon grand-père le détestait ! Toutefois, vous m'étonnez. Vous avez des nerfs d'acier pour une actrice, si vous êtes vraiment une actrice.

Qu'est-ce qu'ils ont tous à remettre en cause ma profession ? J'ai bien le droit d'être une actrice intelligente, dotée de petites cellules grises de compétition et d'un fessier en acier. Ce n'est pas incompatible ! Approche un peu, Blondie, et tu vas voir ce que tu vas prendre dans les dents !

Du calme, Chloé, tu as une enquête à mener et il te manque encore des éléments. Donc, le grand-père de Stewart Wellington connaissait Jude Wagner... Où est-ce que ça se place dans mon raisonnement ?

— C'est vrai que vous êtes une Miss Marple, en plus désagréable et moins polie mais, tout de même, m'interrompt Watson, votre esprit analytique force l'admiration.

Il aurait quand même pu dire plus sexy ! Franchement, je suis à deux doigts de mal le prendre.

— Est-ce par le pur fruit du hasard que vous avez retrouvé la trace d'Eugène ou est-ce après une enquête approfondie ?

— Je ne vais pas vous faire de confidences.

— Et c'est moi que vous qualifiez de désagréable. Stewart, je ne vous connais pas depuis longtemps, mais je sais que vous n'êtes pas un assassin. En revanche, vous protégez quelqu'un...

Mais qui... Un autre héritier Bastan... Je ne peux pas réfléchir convenablement avec tous ces gens cachés !

— Est-ce que cela va encore durer longtemps ? ralé-je.

Deux ombres sortent des recoins où elles étaient dissimulées. Deux revolvers sont braqués sur Watson.

— Monsieur Stewart Wellington, vous êtes en état d'arrestation, tonne la voix du Major Monestier.

Stewart sursaute, mais avant qu'il ait le temps de bouger, il est jeté à terre et désarmé par les deux gendarmes. Il se débat comme un beau diable, mais la force cumulée des deux hommes vient à bout de sa résistance. Il est menotté, puis relevé sans ménagement.

— Depuis quand saviez-vous que nous étions là ?

Ce major a la fâcheuse habitude de me prendre pour une truffe.

— Quand vous m'avez interdit de me rendre dans la mezzanine de Raimana, j'ai pris ça pour une invitation en bonne et due forme. Je savais que vous seriez là !

— Vous avez le goût du risque, Madame.

Je hausse les épaules.

— Si je n'avais pas senti votre *after-shave* dans la pièce, je peux vous assurer que je ne serais pas restée aussi longtemps.

Pour la première fois, il éclate d'un rire franc. Je suis aussi surprise que lui...

— Fort bien, Madame, je ne vous félicite pas pour les multiples entraves à l'exercice de la justice dont vous vous êtes rendue coupable, mais si vous acceptez de discuter avec moi, je pourrais fermer les yeux sur votre comportement plus qu'étonnant pour une simple citoyenne.

Il désigne ma charlotte et mes gants du menton... Mfff... J'acquiesce en silence. Je pense qu'il est temps de faire profil bas[126]. Pourtant, je me renfrogne... L'affaire est trop simple... Il y a autre chose...

— Je pense que Monsieur Wellington n'est pas le cœur de notre sujet. Il n'est qu'un satellite... suggéré-je.

— Je vous demande pardon ?

— Stewart n'a pas pu tuer Raimana et je pense qu'il n'a pas tué Eugène non plus. Je ne nie pas qu'il ait eu des projets de vengeance, mais avoir une idée n'est pas puni par la loi...

— Il vous a tout de même menacée, Madame.

— Oui, avec un bâton... Il aura improvisé en ramassant le premier truc qui lui tombait sous la main.

Le Major Monestier s'empare du bâton et soupire bruyamment, quand il constate que c'est une pauvre branche toute sèche et légère. Pas de quoi assommer une Chloé !

Il se tourne vers Stewart et cingle :

— Qu'est-ce que vous aviez dans la tête ? Vous êtes un homme intelligent, plein d'avenir, qu'est-ce qui vous a pris ?

J'ouvre l'écrin en velours, que je tiens toujours, et le montre à Stewart.

— Qu'est-ce que c'est que ce bracelet ?

Il détourne les yeux.

— Stewart, aidez-nous. Sans .vous, nous ne comprendrons pas cette affaire et vous serez inculpé

---

[126] Si ! Je peux le faire !

pour des crimes que vous n'avez pas commis. Alors, aidez-nous !

Il hésite un instant et murmure :

— Je ne sais pas qui a tué, j'ai des doutes mais je n'ai pas de preuves. J'espérais en trouver en vous suivant, mais vos pistes ne menaient jamais vers lui...

— Monsieur Wagner, c'est ça ?

Je sens les gendarmes se tendre à côté de moi.

— Oui, c'est un homme épouvantable. Mon grand-père a été obligé de se débarrasser de lui, car il utilisait la société pour blanchir de l'argent sale. Nous n'en avons jamais eu la preuve, mais nous sommes certains que c'est lui qui a lancé Victor Paulin sur notre fortune...

Oh ! Oh ! Ça change tout... Les pièces du puzzle bougent dans ma tête et s'assemblent d'une tout autre façon...

— Et ce bracelet ?

— C'est probablement tout ce qu'il reste de la fortune familiale... C'est le cadeau que ma grand-mère avait reçu de sa propre grand-mère pour ses vingt ans.

D'accord... Il ne dit pas tout, mais je vais trouver... Foi de Chloé !

Sur le chemin du retour vers l'hôtel, j'ai le temps de réfléchir à cette affaire. Pour résumer : Eugène Duterry, ou Victor Paulin, était un voleur ayant escroqué une vieille dame isolée ; puis, quand sa victime a commencé à avoir des doutes à son sujet, il a levé les voiles et est parti pour la Polynésie française. Les héritiers Bastan, - parce que, même s'il a essayé de noyer le poisson, Stewart a reconnu qu'ils étaient plusieurs -, ont retrouvé sa trace et sont venus se venger... Autre information : le grand-père de Stewart détestait Jude Wagner... Donc, je me retrouve, quinze ans après le vol, sur une île microscopique où les héritiers Bastan cohabitent avec le voleur, qui les a ruinés, et l'ennemi de leur grand-père... Je veux bien que le monde soit petit, mais tout de même ! Je jette un coup d'œil sur l'écran de mon téléphone et, bien évidemment, pas de réseau ! Punaise de punaise de bon sang de bois !

Le major s'approche de moi, alors que je grommelle, et il ricane.

— Les photos ! m'exclamé-je pour moi et l'ensemble de la faune locale.

Il sursaute et se retourne pour me dévisager.

— Vous ne vous arrêtez jamais, Miss Marple ?

— Les photographies du couloir ! Pourquoi Monsieur Jude Wagner a-t-il demandé qu'elles soient enlevées ?

Le Major Monestier hausse d'abord les sourcils en pleine incompréhension, puis il fronce ses mêmes sourcils, conscient qu'il y a une pièce en trop dans le puzzle.

— Marc a raison. Vous êtes une épouvantable fouineuse, indisciplinée et acharnée, mais géniale.

Marc ? Oh, punaise de bon sang de bois de blatte apocalyptique ! Ne me dites pas que le Major Thomas Monestier connaît James Bond, sinon ça va chauffer pour mes fesses de Miss Marple... J'avais bon espoir de pouvoir camoufler deux ou trois trucs à ma moitié, mais là c'est mort !

Je fusille du regard tous les insectes qui se jettent pêle-mêle sur mon téléphone[127].

— C'est à cause de vous tout ça !

Des bruissements d'incompréhension me répondent, mais je m'en fiche ! Moi, je me comprends !

Pendant que nous regagnons le bâtiment principal où rendez-vous semble avoir été pris, je réfléchis à plein régime et j'ai bien du mérite, vu ce que je vais entendre à mon retour[128]... Mais oui ! Je stoppe net, me saisis de mon téléphone et fais défiler les photos jusqu'à ce que je retrouve celle que j'ai téléchargée sur le site de l'hôtel. De quand date cette photo ? Longtemps... Je zoome sur les visages et *Euréka* !

— J'ai trouvé !

Le Major Monestier m'observe en silence.

---

[127] Il faut bien que je me venge sur quelqu'un...

[128] Finalement, je vais peut-être m'installer à Bora Bora...

— J'en suis très satisfait pour vous, Madame. Pourriez-vous peut-être m'éclairer ?

— D'accord, mais vous ne dites rien de mes exploits à Marc...

— J'ai bien peur qu'il ne soit trop tard, Madame. Entre les indiscrétions de vos amis et les miennes, je pense que Marc Norton sait tout ce qu'il doit savoir sur vos agissements.

— Traîtres !

J'arrache un gloussement au si sérieux gendarme... Je soupire et explique :

— Cet hôtel a été fondé le 14 janvier 1998. Nous sommes d'accord qu'à cette date, Victor Paulin n'avait rien à faire sur la photographie des employés...

Thomas, puisque au point où nous en sommes, je peux bien l'appeler Thomas, hoche la tête.

— Et bien, regardez la photographie que j'ai enregistrée sur le site de l'hôtel. C'est la toute première, celle du 14 janvier 1998. Il faut savoir que, chaque année à la date anniversaire, une photographie des différentes équipes était prise. Ces clichés étaient exposés dans le couloir de l'administration. Toutefois, ils ont tous été enlevés ce matin à la demande de Monsieur Jude Wagner, sous prétexte qu'il était trop douloureux de les voir après les deux assassinats...

Je tends mon téléphone à Thomas et zoome sur le visage de celui qui n'avait rien à faire à Bora Bora le 14 janvier 1998. Victor Paulin, alias Eugène Duterry, pose tout sourire à côté d'un fringant Jude Wagner.

— Merde.

Ouh ! Mais il est grossier ce gendarme ! Quelle honte ! Je suis presque choquée ! Ou alors, c'est qu'il a discuté avec Muriel plus que de raison.

— Jude Wagner connaissait Victor Paulin bien avant toute cette affaire... reprends-je avec sérieux[129]. Compte tenu de l'expression qu'ils ont tous les deux, Monsieur Wagner ne pourra pas soutenir qu'il ne l'avait pas reconnu. Toutefois, où est-ce que nous mettons cette information dans notre puzzle ?

Pour une fois, j'ai du réseau au moment où je le souhaite. Merci petit Jésus ! Je me demande d'où est originaire la famille Bastan... Je pianote un peu sur mon téléphone, Thomas regardant par-dessus mon épaule, et je tombe sur un article de presse qui répond à d'autres questions.

« Au terme d'âpres négociations, Jude Wagner accepte de céder ses parts à Aimeric Bastan. Ainsi prend fin la bataille quasi homérique ayant opposé les deux anciens associés fondateurs du complexe industriel palois « Gaz B & W »... »

D'accord. Finalement, mon puzzle ne faisait pas quatre-vingts pièces, mais bien cent.

— Deux minutes, si vous le permettez. Il faut que je réfléchisse...

Thomas ne me coupe pas, me laissant modifier la position des pièces de mon puzzle pour reformer une nouvelle image globale.

— Jude Wagner cède ses actions au terme d'une lutte acharnée contre son ancien associé et part fonder un hôtel à Bora Bora, soit aux antipodes, espérant ainsi mettre de la distance entre son ancienne vie et sa nouvelle vie. Nous sommes en 1998 et, lors de l'ouverture de l'hôtel, Jude Wagner pose à côté de

---

[129] Il faut bien que quelqu'un tienne la barre dans ce bazar !

Victor Paulin. Peu de temps après, voyons à quelle date...

Je m'empare de nouveau de mon téléphone et cherche la date de décès d'Aimeric Bastan. 25 janvier 2000. Bingo, il n'a pas survécu longtemps à sa victoire.

— Peu de temps après, fin janvier 2000, Aimeric Bastan décède laissant seule sa veuve Georgette Bastan. Le couple avait certes des héritiers, mais aucun ne semble venir prendre soin de la matriarche. En lieu et place, Victor Paulin se fait engager comme homme à tout faire auprès de la veuve. La fille du couple vit alors avec sa famille en Australie et ne voit pas ce qu'il se passe. À mon avis, sous l'influence de son nouvel homme à tout faire, Georgette Bastan transforme peu à peu les économies et les placements de la famille en valeurs sonnantes et trébuchantes. Elle achète de l'or, des bijoux, des pierres précieuses et conserve tout chez elle. Quant aux alentours de l'année 2007, elle commence à se rendre compte de ce qu'il se passe, il est trop tard. Victor Paulin fait main basse sur l'ensemble des valeurs et disparaît sous la nouvelle identité d'Eugène Duterry. Contrairement à ce que nous croyions, il n'arrive pas en Polynésie française par hasard. Il y revient. Il vient même à Bora Bora, retrouver Jude Wagner et vivre comme un nabab jusqu'à avoir dépensé jusqu'au dernier centime. La fortune des Bastan étant considérable, cela lui prend une dizaine d'années. Quand il a enfin fini de dilapider la fortune des anciens adversaires de Jude Wagner, il se tourne vers lui pour obtenir un emploi d'homme à tout faire... Toutefois, son but n'est pas de dépouiller Jude Wagner. Ce dernier le connaît, il sait de quoi Eugène est capable... Je dirais même que cet emploi d'homme à tout faire est plutôt un moyen de le garder sous surveillance... Mais pourquoi ?

— Malheureusement, pour le moment, nous en sommes réduits à des spéculations...

— Et si Victor Paulin s'était fait engager par Georgette Bastan à dessein ? S'il s'agissait d'une histoire de vengeance, mais finalement de plusieurs vengeances cumulées. Jude Wagner désigne la famille Bastan à un homme qu'il sait sans scrupule, qui les dépouille. Puis, au moins l'un des héritiers spoliés retrouve la trace d'Eugène et s'en rapproche pour se venger...

— Intéressant mais, pour le moment, nous n'avons rien pour étayer ces suppositions.

— Et si Eugène s'était montré trop gourmand vis-à-vis de Jude Wagner ? Ce dernier aurait pu prévenir l'un des héritiers spoliés, l'attirer à Bora Bora pour se débarrasser de son ancien complice dans l'anéantissement de la famille adverse.

Thomas grogne à côté de moi, mais ne propose pas grand-chose. Décidément, je ne sais pas si c'est mon contact qui rend nuls les Watson et les Lestrade, mais ils ne me servent pas à grand-chose.

— Double vengeance, reprends-je. Jude Wagner se venge d'Aimeric Bastan en ruinant sa famille ; les Bastan se vengent d'Eugène en le tuant... Mmm, ça ne me plaît pas... Je reprends : Jude Wagner aiguille Victor Paulin vers Georgette Bastan, pour qu'il la ruine. Sa mission accomplie, Victor Paulin rentre en Polynésie sous l'identité d'Eugène Duterry, qui dilapide la fortune volée. Désormais sans le sou, Eugène réclame le gîte et le couvert. Pendant ce temps, la jeune génération Bastan recherche Victor Paulin et retrouve sa trace à Bora Bora, comme par hasard non loin de l'ancien l'ennemi de leur grand-père. C'est d'ailleurs peut-être comme cela qu'ils ont réussi à retrouver Eugène. Ça colle. Ça colle, mais j'ai l'impression de rater quelque chose... En l'état actuel des preuves, c'est Stewart qui va être accusé des deux meurtres et je n'ai rien contre Jude Wagner...

— Pour le moment, Madame.

— Chloé. Si vous m'avez cafté auprès de Marc, vous pouvez bien m'appeler Chloé !

Il sourit et me fait signe de le suivre. Allez les cellules grises ! On se bouge ! J'ai besoin d'une solution pertinente dans cette affaire ! Ce n'est pas Dieu possible d'avoir des enquêtes aussi alambiquées.

Quand nous arrivons à l'hôtel, je comprends que le major malin avait déjà tout prévu, puisque nous rejoignons le grand hall où l'ensemble des permanents du « Bora Bora Lodge Prestige », appelons-les ainsi, ont été réunis sous bonne garde. Je retrouve donc les salariés du complexe hôtelier, Stewart, ainsi que l'ensemble des membres de la troupe... Au regard que me jette Serge, je sens que « papa » n'est pas content... Punaise ! En plus, je suis certaine qu'il va se ruer sur le premier téléphone qu'il trouvera pour prévenir Marc... James Bond ne sera pas content non plus... Tant pis ! Il faut bien que justice soit faite...

— Mesdames et Messieurs, je vous remercie de votre patience, débute le major. Comme vous le savez, deux personnes ont été assassinées dans les dernières quarante-huit heures. Afin que la vérité se révèle à nous, je vous ai demandé de vous réunir pour confronter les différents témoignages.

Pendant le bla-bla introductif, je scanne les visages de tous les participants. Oh ! Oh ! Monsieur Jude Wagner. Enchanté... Ou pas... L'homme porte beau malgré ses quatre-vingt-deux printemps. Il est grand, sec, se tient droit et n'est en rien grabataire... La question est : est-il capable de tuer deux hommes...

— Madame Lefebvre, nous vous écoutons.

Punaise, il est pénible ce gendarme ! J'ai rien écouté de ce qu'il racontait...

— Heu...

La grimace que le major m'adresse me fait comprendre qu'il a conscience du fait que je ne l'écoutais pas.

— Je vous demandais de bien vouloir avoir l'obligeance de nous expliquer ce que vous faisiez dans le restaurant de la seconde victime, alors que je vous avais expressément demandé de ne pas vous y rendre.

Ça, c'est petit et bas. Puisque tu me cherches, ami en uniforme, tu vas me trouver.

— Si vous le voulez bien, commencé-je, je vais reprendre les éléments depuis le commencement.

Froncement de sourcils dubitatif du gendarme, mais je n'en ai cure.

— Tout a commencé, pour nous qui venions d'arriver, vendredi quand, à peine installés pour notre déjeuner, nous avons vu un homme en feu traverser le complexe hôtelier. Par réflexe, j'ai réussi à projeter cet homme dans l'eau de la piscine et la tentative de meurtre dont il était victime, car c'était bien une tentative de meurtre, a échoué. Eugène, appelons-le ainsi pour le moment, est parvenu à préciser, alors qu'il était choqué, blessé et ivre, que l'essence n'était pas à sa place. Pour être plus précise, il a dit : « Essence... pas à place ». J'en ai conclu, que quelqu'un avait modifié la position de l'essence dans son atelier, afin qu'il se renverse le liquide dessus. C'est pourquoi, à peine sortie de la piscine et encore dégoulinante, je me suis précipitée dans l'atelier d'Eugène pour vérifier où était ce fameux liquide. Malheureusement, lorsque je suis arrivée, le ménage avait déjà été fait par le tueur. Il y avait bien un bidon portant la mention « essence » jeté à terre, mais celui-ci ne contenait que de l'eau. Où était donc l'essence incriminée par la victime ? Les traces au sol me prouvaient qu'Eugène avait pris feu dans son cabanon mais, en dehors du bidon contenant de l'eau, il n'y avait rien d'autre. C'est à ce moment-là, que j'ai fait la connaissance de Monsieur Stewart Wellington. Cette apparition immédiate, quasi simultanée avec celle du tueur, qui avait dû me précéder de quelques minutes pour éliminer les preuves de son forfait, m'a déplu. Certes, Monsieur Wellington sait se montrer charmant quand il le veut, mais je suis quelqu'un de soupçonneux et de méfiant. Il l'a très bien compris et n'a eu de cesse que de me suivre à la trace. Que voulait-il ? Je ne l'ai compris que ce soir. Stewart Wellington voulait retrouver le dernier vestige de la fortune passée de sa famille. Ce faisant, il ne se rendait pas compte qu'un piège se refermait sur lui. Toutefois, malgré tous les efforts que le véritable assassin a faits pour l'incriminer, je le pense innocent des deux meurtres. Tout d'abord, il n'a pas pu tuer Raimana, puisqu'il se trouvait avec toute la troupe du samedi soir à la découverte du corps ; ensuite, il nous a apporté la solution au premier mystère. Alors que je ne parvenais pas à comprendre comment l'essence avait pu prendre feu, Stewart a émis l'hypothèse que ce n'était pas l'essence qui avait pris feu, mais l'eau du bidon. Vidéo à l'appui, il nous a montré comment certains métaux pouvaient créer des flammes, voire des explosions, quand ils étaient mis en contact avec de l'eau. Cette information modifiait la donne. Quand Eugène parlait de l'essence, il parlait du bidon estampillé « essence ». Il avait versé le contenu de ce bidon dans un contenant où le tueur avait préalablement dissimulé l'un de ces métaux. Ce procédé m'apprenait plusieurs choses : le tueur était patient, organisé et il vouait une haine féroce à Eugène. Faire périr quelqu'un par le feu n'est pas un choix anodin. C'est le choix de la haine, c'est le choix de l'horreur. En outre, il y a quelque chose de spectaculaire qui frappe les esprits et, notamment, ceux des éventuels autres ennemis que le tueur aurait repérés. J'ai alors compris que, quelle que soit l'entreprise dans laquelle trempait Eugène, il n'était pas le seul à être impliqué.

Je m'arrête un instant et observe le Major Monestier pour savoir s'il souhaite que je continue ou pas. D'un signe de tête, il me donne son accord pour poursuivre.

— Ainsi, contre toute attente, Stewart Wellington était innocent. Pourtant, je peux vous assurer qu'il était mon premier choix, lorsque nous avons découvert le corps déchiqueté d'Eugène le samedi matin. Si j'ignorais le mobile de ce crime atroce, il ne faisait pas de doute que Stewart Wellington était celui qui était le plus apte à perpétrer ce meurtre. Il cochait toutes les cases. Personne ne l'avait vu dans la nuit du vendredi au samedi, il savait naviguer, Eugène le connaissait assez pour accepter de le suivre en pleine nuit, il disposait de la force physique nécessaire pour jeter sa victime par-dessus bord et il en connaissait assez sur les requins, pour qu'ils soient pris de frénésie et s'attaquent pêle-mêle aux entrailles de poissons et à l'homme blessé. Bien évidemment, son statut de doctorant en ichtyologie, spécialisé dans l'étude des requins, le désignait de préférence à tout autre comme tueur potentiel. D'ailleurs, c'est un point qui a joué en sa faveur dans ma tête. Je me disais que Stewart n'était pas assez stupide pour assassiner quelqu'un avec des requins, alors qu'il était le plus apte à le faire. Restait à savoir qui voulait piéger Stewart ?

L'intéressé se redresse sur sa chaise, rendant aussitôt nerveux tous les gendarmes alentour.

— Jude Wagner ! intervient-il les yeux braqués sur le propriétaire de l'hôtel.

Ce dernier, le visage fermé, ne laisse filtrer aucune émotion, ses mains serrées l'une contre l'autre sont si soudées que les jointures de ses doigts blanchissent. Il est glacial, taiseux et hautain... Ça va être coton de le piéger celui-là... À moins que...

— Je savais donc le « comment » Eugène avait été tué, restait à savoir le « pourquoi » et le « qui ». Là, je puis vous assurer qu'il s'est agi d'une autre sorte de réflexion.

Nouveau coup d'œil au major, mais il ne semble pas disposé à me couper la parole.

— Donc, Eugène avait été tué par quelqu'un qui lui vouait une haine mortelle, qui avait déjà attenté à sa vie et qui se montrait assez acharné pour renouveler l'expérience. Qu'avait donc fait cet homme à tout faire pour avoir un tel ennemi mortel ? En dehors de mes heures de répétition, j'ai posé quelques questions. Toutefois, mis à part Stewart qui me répondait sans sourciller, je n'obtenais pas grand-chose des autres. Ma difficulté était que j'ignorais si je pouvais faire confiance à Stewart ou pas. Par conséquent, l'ensemble de ce qu'il me disait était sujet à caution et nécessitait une vérification. Toutefois, certains éléments semblaient établis : Eugène était français, il était arrivé en Polynésie française une quinzaine d'années auparavant, il avait mené grand train pendant quelques années jusqu'à avoir dilapidé sa fortune et devoir retrouver un emploi pour subvenir à ses besoins. À partir de ces éléments, j'ai commencé à élaborer des hypothèses de travail : soit Eugène avait hérité d'une fortune qu'il n'avait pas su gérer, soit le personnage de l'homme à tout faire était beaucoup plus sombre qu'il n'y paraissait de prime abord. L'unique conversation que j'ai réussie à avoir avec Raimana, en présence de Cyrielle, m'a appris plusieurs choses. Tout d'abord, le restaurateur était en charge des cuisines de l'hôtel, par conséquent il pouvait s'y déplacer sans éveiller les soupçons et s'ajoutait donc à ma liste de suspects. Ensuite, il ne contestait pas le fait qu'Eugène était riche à son arrivée en Polynésie française. Il affirmait qu'Eugène n'avait pas d'amis, ni ici, ni en Métropole. Selon lui, Eugène avait horreur de se baigner, il n'aurait donc pas pris un bain de minuit de sa propre initiative. Enfin, deux points primordiaux : Eugène n'avait pas choisi de venir en Polynésie française, cette destination s'était imposée à lui, et il ne parlait jamais de sa vie passée. Ces deux derniers éléments surtout ont nourri ma réflexion globale sur cette affaire : Eugène ressemblait de plus en plus à quelqu'un en cavale, qui avait quitté la France métropolitaine en catastrophe et grimpé dans le premier avion en partance pour une destination lointaine. Cette hypothèse expliquait pourquoi Eugène avait dilapidé sa fortune, pourquoi il n'avait pas jugé bon de retourner en France et qu'il avait opté pour un emploi à Bora Bora et, surtout, pourquoi quelqu'un s'était montré si acharné à l'assassiner. Cette théorie a été renforcée quand le Major Monestier m'a affirmé qu'Eugène Duterry n'avait pas d'existence avant son arrivée en Polynésie française. Nous avions affaire à un homme en fuite. Restait à découvrir son identité pour savoir qui était son assassin. L'observation de son logement permettait vite de comprendre qu'Eugène ne se servait de ce bungalow que pour dormir. Il n'y avait là-bas aucune affaire personnelle, aucun souvenir, rien qui aurait pu mettre un enquêteur sur la piste de sa véritable identité. La question était simple : où Eugène avait-il entreposé ses affaires personnelles ? Comme il passait la plupart de son temps libre au restaurant de Raimana, la réponse s'est imposée d'elle-même. J'en arrive donc à la réponse à votre question, Major Monestier, j'ai observé la pièce à vivre de Raimana dans le seul but de découvrir les affaires personnelles de la première victime. Comme vous avez pu vous en apercevoir, il ne m'a pas fallu longtemps pour dénicher le coffre dans lequel Eugène Duterry, ou Victor Paulin de son vrai nom, avait entreposé ses affaires. Alors que toutes les étagères étaient recouvertes d'une épaisse couche de poussière, le coffre était relativement propre, il était donc manipulé plus souvent.

Un coup d'œil circulaire me laisse entrevoir des regards ébaubis venant de toutes parts. Seul le major paraît amusé, quand Stewart semble perdu dans ses pensées. Pourtant, nous n'avons pas encore fait le tour de toute la question...

Dans un silence de mort, fort à propos, les applaudissements du major en font sursauter plus d'un.

— Bravo, Madame. Avec très peu d'éléments vous êtes parvenue à reconstituer la plupart de nos découvertes. Vous êtes sans conteste une vraie Miss Marple... Toutefois, à l'inverse de votre modèle, vous ne vous préoccupez guère de procédure et du respect de la loi.

Heu... Ce sont des félicitations ou des menaces ? Parce que là, j'ai beau avoir un esprit analytique à la Miss Marple, j'ai l'impression qu'il y a un peu des deux et il me semble que les félicitations et les menaces ne sont pas compatibles...

— Fort bien, reprend le gendarme, donc, pour reprendre votre raisonnement, nous savons le « comment », et nous sommes toujours à la recherche du « qui » et du « pourquoi ».

Je hoche la tête et continue :

— Victor Paulin était un escroc qui s'était fait engager comme homme à tout faire par une veuve, dont il a peu à peu dérobé la fortune. Eugène conservait de sa vie passée un bracelet en diamants et un article de journal relatant ses méfaits. D'après cette coupure de presse, Madame Georgette Bastan, veuve d'un industriel, avait été dépouillée de la quasi-totalité de sa fortune qu'elle conservait chez elle sous la forme de lingots d'or, de bijoux et autres pierres précieuses... Si l'un ou l'autre des héritiers spoliés avait retrouvé la trace d'Eugène, la messe était dite. Et ce fut le cas. Stewart Wellington est le petit-fils de Georgette Bastan.

La stupeur fuse à travers la salle.

— Une fois de plus, toutes les pistes menaient à Stewart. Pourtant, l'affaire serait trop simple.

Le major hausse les sourcils.

— Vous trouvez ?

— Oui, parce que, malgré toutes les envies de meurtre qui traversaient Stewart, il n'a pas tué Eugène et, encore moins, Raimana. L'histoire est bien plus tordue que cela... Si vous le voulez bien, nous allons passer par le meurtre de Raimana, puis nous reviendrons à la première victime.

— Nous vous écoutons, Madame.

— Quand Raimana a été assassiné, j'ai aussitôt pensé que ce crime était la conséquence du premier. Soit Raimana était le complice d'Eugène, soit il avait vu quelque chose, soit il détenait des informations le rendant dangereux pour le tueur. Au final, je pense que c'est un peu des trois. Raimana abritait chez lui les affaires personnelles d'Eugène, il en savait donc plus que ce qu'il voulait bien dire sur le personnage. Il en avait peut-être trop vu, sur ce point nous ne le saurons jamais avec certitude. En revanche, ce qui est certain, c'est qu'il détenait des informations dangereuses pour le tueur. C'est Stewart lui-même, qui a abordé ce sujet. Quand je m'interrogeais sur la façon de se procurer des entrailles de poissons, Stewart Wellington m'a aussitôt orientée vers le restaurant de Raimana. Si le restaurateur avait vendu des entrailles de poissons à une personne en particulier le jour précédant le meurtre, cet élément aurait pu être une preuve à l'encontre du tueur. Malheureusement, Raimana a été éliminé avant que je ne puisse lui poser cette question. Dans ce deuxième cas, nous savons le « comment » : Raimana a été égorgé dans le restaurant, alors qu'il préparait les repas de la journée comme à son habitude. Nous nous doutons du « pourquoi » : Raimana en savait trop sur le meurtre d'Eugène. Reste à définir le « qui ». C'est une question délicate et c'est à cet endroit du raisonnement que le bracelet en diamants s'intègre. Au cours de mes réflexions, je me suis à plusieurs reprises plongée dans la psyché d'Eugène, comme s'il s'agissait d'un personnage que je devais travailler, pour mieux m'imprégner de la logique de cet homme. Dans ce que j'ai saisi de cet escroc, incapable de gérer la fortune qu'il avait accumulée de façon illégale, je ne voyais pas où intégrer ce bijou. En effet, en fouillant les affaires personnelles d'Eugène, j'ai trouvé un écrin en velours un peu élimé, mais contenant un bracelet en diamants de toute beauté. La découverte de cet objet est importante à deux titres : tout d'abord, Stewart m'a suivie pour retrouver ce bracelet, dernier vestige de la fortune des Bastan, selon ses dires ; ensuite, que faisait ce bijou dans les affaires de la première victime. D'après moi, Eugène a dépensé jusqu'au dernier centime de la fortune des Bastan. Comme tous les criminels professionnels, il a une vision de la vie à court terme. Il sait que, du jour au lendemain, tout peut s'effondrer. Il brûle donc la chandelle par les deux bouts et ne va certes pas conserver un objet précieux pour plus tard, car plus tard ne sera peut-être pas. Par conséquent, si Eugène conservait cette merveille dans son coffre, c'est qu'il s'agissait d'un nouveau larcin... Il était parvenu à remettre la main sur un objet, dont il avait déjà dépensé le prix... N'est-ce pas, Madame Wagner ?

Chapitre 23

Et la lumière rerefut... Bon, heu, j'espère qu'on va s'en sortir cette fois-ci !

*J*essica Wagner sursaute, surprise d'être ainsi interpellée. Le gendarme le plus proche observe d'un œil neuf cette jeune femme aux cheveux courts.

— Mais c'est ridicule ! Vous êtes ridicule ! Je ne vais pas me laisser insulter par une idiote d'actrice !

— Et, pour ma part, je ne vais pas me laisser insulter par une femme capable d'épouser un vieil homme pour sa fortune. Homme que vous souhaitiez cocufier allègrement avec le jeune doctorant, sans le sou, mais au physique avantageux...

Ah, petite danse de la joie dans ma tête, elle a blêmi. Touché ! Plan B : Focus et concentration, Chloé !

— Il faut savoir que Madame Jessica Wagner est capable de réhabiliter une cabane abandonnée pour y loger une troupe de théâtre, mais qu'à l'inverse, elle est tout à fait disposée à héberger gracieusement un doctorant en ichtyologie.

— Vous n'allez pas comparer un scientifique à une troupe de bas étage !

Prends toujours ça dans les dents, c'est pour moi, ça me fait plaisir... Nul besoin que je regarde Luc et Serge pour savoir qu'ils ont changé de couleur.

— Troupe de bas étage que vous supposez capable de jouer tout le répertoire classique au pied levé, mais passons. Pour en revenir à notre affaire, Madame Jessica Wagner épouse Monsieur Jude Wagner, à l'âge de vingt-cinq ans, alors qu'il en a soixante-dix-sept, dans le seul et unique but de devenir son héritière. En attendant, elle fourre son nez partout dans la gestion de l'hôtel et se fait rabrouer de façon régulière par la gouvernante et le directeur, qui ne lui reconnaissent aucune autorité en la matière. Et pour cause, Monsieur Jude Wagner continue à diriger seul son hôtel. Ainsi, quand Eugène sollicite un emploi d'homme à tout faire auprès de Monsieur Wagner, celui-ci l'embauche, malgré le peu de qualité du prétendu riche devenu pauvre. Pour avoir entraperçu Eugène en train de travailler, je puis vous assurer qu'il ne faisait rien, à part remuer du vent, voire causer de l'embarras aux autres employés de l'hôtel. Pourtant, ce n'est pas à cause de son incompétence que Madame Jessica Wagner déteste Eugène. Non, en tant que croqueuse de diamants, elle a reconnu dans cet employé un concurrent à éliminer. Pourtant, la cohabitation se passe sans trop de heurts pendant quelques années, jusqu'à la goutte d'eau qui fait déborder le vase... Quel est le déclencheur ? Probablement le vol du bracelet en diamants. Quand Jessica Wagner prend conscience que son concurrent est passé à l'action, elle se décide à agir.

— Mais vous délirez, ma pauvre fille ! hurle-t-elle. Je n'ai tué personne !

Pauvre fille ? Mais va te faire... Respire, Chloé, respire. Plan E : Méditation et self-control ! Visualiser la montagne, tout ça, tout ça...

— La première tentative de meurtre aurait pu passer pour un accident, sauf aux yeux d'Eugène qui savait à qui il avait affaire. Il avait lui aussi reconnu en elle, une croqueuse de diamants. La tentative de meurtre ayant échoué par mes soins, Jessica Wagner a dû improviser et quoi de mieux que de multiplier les vengeances ? Elle se rend alors au restaurant de Raimana, lui achète des entrailles de poissons, ce qui n'éveille pas encore la suspicion du restaurateur. Ce n'est que le lendemain, après la découverte du corps d'Eugène, que Raimana comprend ce qu'il s'est passé. Toutefois, au lieu de se précipiter vers la gendarmerie et d'expliquer ce qu'il savait, il a tenté de jouer au plus fin avec la meurtrière. Je présume qu'il souhaitait vendre son silence à prix d'or, sans comprendre que c'était son arrêt de mort qu'il signait... Jessica Wagner accepte de le rencontrer le lendemain matin au restaurant, loin des yeux d'éventuels témoins, pour lui verser la somme demandée. Comme paiement, il ne recevra qu'un coup de couteau. Enfin, si vous contestez ma petite histoire, je conseillerai à la gendarmerie de vérifier auprès du joaillier le numéro de série du bracelet trouvé dans le coffre d'Eugène, chez Raimana...

— Vous croyez que je vais vous laisser m'accuser comme ça ? hurle soudain Jessica Wagner. Mais, dis quelque chose, toi !

Elle se tourne vers Jude Wagner, en proie à des sentiments très divers... Peur, colère, ressentiment... Le vernis craque, Jessica... Le vernis craque...

— Tout ce que vous avez raconté est abominable, Madame.

La faible voix chevrotante, qui s'est élevée avec difficulté provient de Jude Wagner en personne. Alors que son maintien peut encore faire illusion, la faiblesse de sa voix démontre à quel point j'ai eu raison de parier sur l'épouse, plutôt que sur l'époux... Du moins, pour le moment.

— Je vous confirme avoir acheté, il y a des années de cela, ce bracelet à Victor. Je ne jouerai pas les imbéciles en soutenant que je ne connaissais pas ce Monsieur. Toutefois, j'ignorais que le bracelet appartenait à la famille Bastan. Si je dois plaider coupable pour quelque chose, c'est qu'effectivement quand Victor est rentré sous une nouvelle identité à la tête d'une fortune considérable, j'ai accepté sa version des faits. Oh, pas l'héritage bien sûr, mais le gros coup bancaire. Un coup plus ou moins illégal, d'où le changement de nom... Je ne suis pas un saint, loin de là, mais je n'ai jamais tué.

— Vous avez lancé votre chien de guerre sur notre famille, hurle Stewart.

— C'est faux, Monsieur Wellington... Votre grand-père vous a-t-il expliqué d'où venait notre haine commune ?

Stewart semble décontenancé et fait un signe négatif de la tête.

— Me permettez-vous de prendre une photographie dans mon portefeuille, Major ?

L'autorisation acquise d'un signe de tête, Jude Wagner desserre ses mains et je m'aperçois, pour la première fois, à quel point il tremble. Jamais cet homme n'aurait pu se saisir d'un couteau et égorger Raimana d'un geste précis et rapide. Avec lenteur, il prend son portefeuille et tente à plusieurs reprises d'attraper une vieille photographie, avant que le gendarme le plus proche ne lui propose son aide. Jude

Wagner lui fait signe d'apporter la photographie au Major Monestier.

— Quand nous étions jeunes, Georgette et moi étions fiancés.

Un pâle sourire étire ses fines lèvres.

— Mensonge ! hurle Stewart.

— Vérité, assure Jude Wagner. Quand je vous ai rencontré pour la première fois, j'ai tout de suite su qui vous étiez. Vous avez les mêmes yeux verts que Georgette, ainsi que vous, Madame Montclair.

Bingo ! Je savais que ces deux-là avaient une relation qui n'était pas qu'amicale. Tahia n'aurait jamais caressé la joue de Stewart s'il n'avait pas fait partie de sa famille !

L'attention de tous se reporte sur la gouvernante.

— Je ne vous voulais aucun mal, Monsieur Wagner, parvient-elle à articuler. Je voulais juste savoir si vous étiez derrière la ruine de ma famille ou pas... Grand-père parlait de vous avec tant de haine que cela m'a marquée. Quand nous avons été ruinés, j'ai pensé que peut-être, vous étiez derrière cette escroquerie.

— Je comprends. Bien malgré moi, j'ai peut-être orienté Victor Paulin vers votre famille. En 1998, j'ai fui le plus loin possible pour oublier les Bastan. En 1965, Aimeric était parvenu à prendre la femme que j'aimais et, de nouveau en 1997, il venait de réussir à m'évincer de la société, que nous avions tous les deux créée. Sous des accusations de malversations, il avait embobiné les autres associés. Je me serais battu mais, quand j'ai vu que, comme toujours depuis une trentaine d'années, Georgette le soutenait envers et contre tout, j'ai compris que je n'avais plus rien à faire à Pau. J'ai vendu et je suis parti. Pourtant, je n'ai jamais accepté d'avoir perdu Georgette. Je porte sa photographie comme un talisman contre la mauvaise fortune. Un vieux souvenir d'une époque bénie où j'avais tout ce dont je rêvais, mais je ne le savais pas.

D'accord, il est peut-être temps que je reprenne un peu les choses en main... Je n'ai jamais aimé les violons, surtout quand ils sont joués par un aussi piètre interprète. N'oublions pas que le coco a eu cinq épouses de vingt-cinq ans... Alors, le grand jeu de l'amant éploré, il peut se le garder !

— Donc, si je résume : vous étiez fiancé à Georgette, la grand-mère de Tahia et Stewart. Toutefois, en 1965, Georgette choisit de se marier avec votre associé, Monsieur Aimeric Bastan. Vous acceptez plutôt mal la situation, mais vous restez quand même à Pau, où vous créez une industrie gazière avec votre prétendu rival. Une trentaine d'années plus tard, vous commettez, nous allons les appeler ainsi, des erreurs de gestion. Quand votre associé s'en aperçoit, il veut vous contraindre à vendre vos parts. Suite à une énième rebuffade de Georgette, vous décidez de vendre et de partir le plus loin possible de Pau. Vous vous installez en 1998 à Bora Bora où vous fondez l'hôtel où nous nous trouvons aujourd'hui. Comment avez-vous rencontré Victor Paulin ?

C'est moi ou il me fusille du regard ?

— Il a servi d'entremetteur quand j'ai investi ici. Je peux vous le prouver en vous fournissant les actes de vente.

— Très bien. Donc, de façon volontaire ou pas, nous ne le saurons jamais avec certitude, vous discutez de votre passé avec Victor. Deux ans après l'ouverture de votre hôtel, votre ennemi juré, Aimeric Bastan, décède. Par le plus grand des hasards, Victor se fait engager par la famille Bastan pour prendre soin de Georgette. Il incite cette dame à convertir la fortune familiale en or, espèces et autres pierres précieuses puis, le temps venu en 2007, il prend la poudre d'escampette emportant avec lui la fortune des Bastan et revient au bercail comme si de rien n'était. Il explique à tout un chacun qu'il a hérité de grosses sommes mais, à vous, il justifie sa bonne fortune par un fabuleux coup bancaire... Vous acceptez cette explication et, à un moment donné, vous achetez le bracelet de diamants à celui qui est désormais Eugène.

— Je n'aime pas le ton sur lequel vous le dites, Madame, mais c'est exact.

Je hoche la tête avec une moue dédaigneuse. Je déteste ce genre de personnage...

— Vous acceptez d'acheter ce bracelet sans vous rendre compte qu'il s'agissait de celui de Georgette, cadeau de sa grand-mère pour ses vingt ans, c'est cela ?

Je m'empare de la photographie que le Major Monestier m'a montrée en me désignant le bracelet au poignet de Georgette. *Tant va la cruche à l'eau, qu'à la fin, elle se casse*[130] !

— Vous êtes la tête, Madame Wagner est les jambes. Si vous voulez ma version des choses, elle diffère quelque peu de la vôtre. Vous n'avez jamais accepté que Georgette préfère Aimeric à vous. Vous avez été blessé, peut-être humilié, mais vous êtes tout de même resté à Pau encore de nombreuses années par appât du gain. L'industrie gazière était florissante et votre amour perdu ne vous a pas empêché de collectionner les jeunes épouses. Au final, après que vos malversations ont été découvertes, vous n'êtes pas parti en 1998 aux

---

[130] Ah ! Celui-ci, je ne vous l'avais pas encore placé ! Révisons les dictons avec Chloé !

antipodes pour tout oublier. Certainement pas. D'une manière ou d'une autre, vous vouliez vous venger. La mort prématurée de votre ennemi vous a donné la possibilité de placer un escroc fini au sein de la famille Bastan. Quand Victor revient en 2007, vous n'avez pas besoin qu'il vous serve n'importe quel mensonge, vous savez d'où vient cette fortune et vous n'en avez cure. Au contraire, vous le laissez dépenser jusqu'au dernier centime, afin d'être certain que les héritiers Bastan ne pourront jamais récupérer quoi que ce soit de leur héritage. Vous le laissez tout dilapider, sauf le bracelet en diamants, que vous achetez. Après tout, il ne s'agissait pas de l'héritage Bastan, mais de celui de Georgette. Vous vous offrez une preuve de votre vengeance en quelque sorte... De la même manière, quand vous fournissez un emploi quasi fictif d'homme à tout faire à Eugène Duterry, qui ne sait rien faire de ses dix doigts, ce n'est pas par bonté d'âme. C'est parce que vous avez reconnu Tahia. Elle a les yeux verts de Georgette. Les héritiers Bastan ont donc retrouvé votre trace, même aux antipodes. Pourtant, Tahia n'est pas venue pour se venger, elle veut avoir des réponses. Elle veut savoir si vous êtes responsable de la ruine de sa famille. Toutefois, comme c'est une femme honnête, elle travaille bien. Son mari et elle deviennent des piliers de votre hôtel. Jusqu'au jour où l'un de ses jeunes cousins, moins bienveillant envers vous que sa cousine, décide de venir fureter dans les coins. Là encore, les yeux verts de Georgette jouent contre son petit-fils. Vous reconnaissez Stewart comme l'un des héritiers Bastan. Pire, non content de venir vous surveiller, vous vous rendez compte que votre jeune épouse trouve l'héritier Bastan plus attractif que vous. Votre orgueil ne le supporte pas et, même si Stewart n'est jamais devenu l'amant de Jessica, il doit être puni comme vous n'avez pas réussi à punir son grand-père. Quand vous avez besoin d'un meurtrier tout désigné pour la suppression en urgence de votre vieux complice, le choix est vite fait. Eugène périra par les requins, grande spécialité de Stewart Wellington comme tout le monde le sait. Par la mort d'Eugène, vous vous débarrassez d'un témoin gênant et alcoolique, donc qui pouvait divulguer vos petits secrets, et vous désignez Stewart comme le tueur. Ainsi, vous vengez votre honneur blessé et Jessica peut punir un homme qui lui a résisté. Ai-je bien résumé notre affaire ?

— Ma femme avait raison, vous êtes ridicule.

C'est vraiment un couple charmant.

— Bien évidemment, j'ai des preuves.

Si Jude Wagner avait eu des couteaux à la place des yeux, je serais déjà morte, re-morte et re-re-morte.

— Vous avez fondé un complexe industriel gazier avec Aimeric Bastan. Puis-je savoir quel type d'études avez-vous fait, Monsieur Wagner ?

— Je n'ai pas à vous répondre.

Je hausse les épaules, peu intéressée.

— C'est vrai, mais ce n'est pas très grave. Comme la pomme ne tombe jamais très loin du pommier, je suppose que vous avez fait des études de chimie. Études de chimie dont vous vous êtes servi pour piéger Eugène. Après tout, non seulement cet imbécile ne vous servait plus à rien mais, en plus, il venait de vous dérober le bracelet de diamants. Donc, vous piégez son cabanon avec vos connaissances en chimie. Je suppose que la comptabilité de l'hôtel fera apparaître un achat mystérieux de métaux... Qui irait chercher une telle chose dans la comptabilité d'un complexe hôtelier ?

Deuxième petite danse de la joie personnelle dans ma tête : Monsieur Jude Wagner perd de sa superbe.

— Deuxième élément : les photographies des différentes équipes aux dates anniversaire de la fondation du complexe hôtelier. Je suis certaine que nous allons retrouver notre bon vieil Eugène sur presque toutes les photographies, sauf celles allant de 2001 à 2007.

Il déglutit. Bon signe.

— Troisième élément : le bracelet de diamants. Non seulement il figure sur la photographie que vous nous avez si obligeamment montrée ce soir, mais je suis certaine que nous allons pouvoir retrouver dans les archives du joaillier, qui l'a créé, le nom de celle qui l'a acheté. Il demeure toujours une trace de ce genre de pièces exceptionnelles. Enfin, quatrième élément : puis-je savoir pourquoi vous avez fait modifier les contrats d'engagement des prestataires extérieurs cet été ? Pour la première fois, vous avez fait intégrer aux contrats signés par votre établissement, une clause pour réduire leur durée en cas de difficultés économiques de l'hôtel. Comme c'est curieux... Cette clause tombe à pic quand on décide d'assassiner quelqu'un et que l'on sait d'avance que la saison va être gâchée par ce vilain petit meurtre. Votre avarice vous perdra... En fait, elle vous a déjà perdu.

— Et vous vous croyez intelligente ? grommelle-t-il.

— Oui, j'ai cette faiblesse.

— Cinquième élément, intervient le Major Monestier. Le médecin légiste est formel, le couteau ayant servi à taillader le dos de Victor Paulin et à égorger Raimana Amaru est le même. Sixième élément : nous avons repêché le téléphone de la première victime.

Oh punaise de satisfaction ! Merci petit Jésus ! Si les scientifiques de la police parviennent à récupérer le dernier appel entrant, la messe est dite ! Les crapules seront sous les verrous.

— Imbécile ! hurle Jessica Wagner. Je t'avais dit que nous ne nous en sortirions pas ! Il suffisait d'attendre et de surveiller cet ivrogne d'Eugène !

— Tais-toi, ordonne Jude Wagner. Tu ne comprends pas qu'ils n'ont que des preuves indirectes ?

— Qu'est-ce que tu en as à faire, toi, de partir en prison à ton âge ? Moi, j'ai la vie devant moi et la seule chose que je voulais c'était hériter de ta fortune, pas de me retrouver derrière les barreaux la moitié de ma vie pour une vengeance ridicule, qui n'est même pas la mienne !

Bon, ben, je crois que la messe est redite.

Sur ces mots, le Major Monestier donne le signal des arrestations et la salle se vide en peu de temps. À ma grande satisfaction, Thomas ôte les menottes à Stewart, qui lui serre la main, juste avant que sa cousine Tahia ne se jette dans ses bras. Manifestement les filles Bastan avaient le goût de l'exotisme, l'une a épousé un Australien, l'autre un Tahitien... À ma grande satisfaction de Miss Marple, j'ai réussi à innocenter Stewart et à contribuer à l'arrestation de deux monstres très divers, mais tous deux terrifiants.

Manuel de survie de Chloé[131]

🌴 Spécial zone Pacifique 🌴

Règle n°1. La blatte n'est pas dangereuse, mais désagréable. **(J'aime les blattes !)**

Règle n°1 bis. Contre les blattes, adopter des lézards... **(J'aime les lézards aussi !)**

Règle n°2. Le scolopendre est désagréable, mange la blatte et pique les humains. **(Pas vu !)**

Règle n°3. Porter de grosses chaussures lors des baignades pour éviter la piqûre du poisson-pierre... **(Pas vu non plus !)**

Règle n°4. Les requins... **(No comment...)**

Règle n°5. Toujours avoir de la biafine dans les bagages. **(La biafine, c'est bien !)**

🌴🌴🌴🌴🌴

Rappel des plans de survies de base

Plan A : Silence et observation. **(OK)**

Plan B : Focus et concentration. **(Primordial)**

Plan C : Discrétion et camouflage. **(Pas facile)**

Plan D : Adaptation et réflexion. **(OK)**

Plan E : Méditation et self-control. **(Avec le nombre de casse-bonbons qui me cernent, c'est obligatoire !)**

---

[131] Pfff... Ça va durer encore longtemps ?

Chapitre 24

Miss Marple parlait trop...

La nuit est sombre quand nous regagnons notre bungalow. Malheureusement, je crois qu'avec l'arrestation du couple Wagner, notre aventure polynésienne va prendre fin de façon très anticipée.

— Je ne comprendrai jamais pourquoi tu n'as pas fait carrière dans la police, s'exclame Muriel.

— C'est vrai, confirme Cyrielle. Tu es surprenante.

— Souvenez-vous bien de votre enthousiasme présent, je vais en avoir besoin quand je vais devoir expliquer à Marc ce que j'ai fait pendant notre séjour à Bora Bora.

Je n'ai pas besoin de regarder Luc et Serge pour voir les grimaces qui ornent leurs visages. Je sais que ces deux traîtres ont prévenu Marc dans mon dos.

— Comment pourrait-il savoir ? s'étonne Cyrielle avec une candeur rafraîchissante.

— Oh, juste parce que tant le Major Monestier, que Luc et Serge ont jugé bon de s'entretenir de façon régulière de l'avancée de l'affaire avec Marc...

— Comment se fait-il que le Major Monestier connaisse Marc ? remarque Muriel.

— Comment le saurais-je ? Soit je n'ai pas de chance et les deux ont travaillé ensemble à un moment ou à un autre de leurs carrières, soit Marc a téléphoné à la gendarmerie de Bora Bora, quand deux personnes de ma connaissance lui ont rapporté les difficultés que nous rencontrions sur place...

— Oh, ça va, Chloé ! râle Luc en premier. Qu'est-ce que tu voulais que nous fassions ? Qu'on te regarde, comme la dernière fois, et que tu finisses avec une commotion cérébrale ? On t'a peut-être surveillée cette fois-ci mais, au moins, tu sors indemne de cette enquête.

— Désolé, biquette, mais je suis d'accord avec Luc et Marc.

— Donc, vous sous-entendez que je suis une tête brûlée ?

Je n'ai pas le temps d'entendre la réponse qu'un bruit de course surgit droit dans mon dos. Je me retourne, tout en saisissant ma matraque télescopique et me positionne face à...

— Stewart ?

Il est parvenu à stopper sa course à une distance raisonnable pour éviter de prendre un mauvais coup. Je fais disparaître le plus discrètement possible ma matraque dans ma poche, sous les regards pleins de reproches des membres de la troupe[132].

— Chloé, je voulais vous parler...

— Encore !

Mais ce n'est pas possible ! Ils ne vont pas me ficher la paix ! L'enquête est finie, Watson ! Vous pouvez rentrer chez vous !

— Je suis vraiment désolé, Chloé. Je me suis très mal conduit avec vous...

---

[132] Quoi ? Il faut bien que je puisse me défendre, tout de même !

— C'est bien de le reconnaître...

Je ne vois pas, dans la quasi-obscurité, mais je sais qu'il est rouge comme une tomate.

— Comment avez-vous su ?

Heu... C'est une blague ? Je ne vais pas lui expliquer le moindre rouage de mon esprit...

— Quoi ? J'ai su beaucoup de choses aujourd'hui...

— Comment vous avez su pour Jessica Wagner ?

Heureusement, la pénombre cache la grimace que je fais.

— Ce n'était pas très difficile à comprendre. Vous êtes doctorant, vous n'avez pas un sou et vous êtes logé dans un bungalow. Jessica Wagner est mariée à un homme de quatre-vingt-deux ans et elle voit débarquer le prototype du surfeur australien, grand, blond, de beaux yeux verts, athlétique... Pas besoin d'être une Miss Marple pour comprendre.

— Et comment vous avez su que je n'ai pas été son amant...

— Parce que vous rougissez pour un rien et qu'elle vous a jeté en pâture à la police. C'est elle qui est allée chercher Eugène et l'a jeté aux requins, c'est elle qui a égorgé Raimana dans la cuisine et c'est encore elle, que nous avons croisée ce soir, quand nous allions au restaurant pour trouver les affaires personnelles d'Eugène. D'ailleurs, nous avons eu beaucoup de chance. Elle n'est pas montée à l'étage, ayant repéré les gendarmes. Si elle était parvenue à retrouver le bracelet en diamants, nous aurions eu beaucoup moins d'éléments à charge dans ce dossier. Comme je l'ai dit, Jude Wagner était la tête, elle était les jambes.

— Tout ça pour de l'argent...

Oui, Watson, c'est la bonne conclusion. Tout ça pour de l'argent...

— Je voulais aussi vous présenter mes plus plates excuses pour vous avoir menacée.

Serge fait un pas avant, un grondement sourd surgissant de sa gorge serrée. Je l'arrête d'une main sur la poitrine. Inutile d'ajouter des ennuis aux ennuis... Stewart n'en mène pas large. Certes, il est grand et musclé, mais il est bien moins massif que notre colosse d'ébène. Je jette un coup d'œil à Serge qui arbore sa mine des mauvais jours. Il n'a jamais toléré la moindre menace sur quiconque dans la troupe, mais c'est moi qui ai foncé tête baissée dans les embrouilles. J'ai aussi ma part de responsabilité.

— Pour être honnête, je savais que les gendarmes étaient dans la pièce...

Il acquiesce d'un mouvement sec.

— Je voulais à toute force récupérer le bracelet de diamants. C'est la dernière chose qu'il nous reste. En plus, ma grand-mère tenait beaucoup à ce bracelet. Elle le portait tout le temps.

— Comment avez-vous su pour ce bracelet ? m'intéressé-je. Je suppose que Jessica Wagner ne le portait pas au quotidien.

— C'était lors du carnaval dernier. Tahia l'a aussitôt reconnu. C'est une pièce si exceptionnelle qu'elle ne peut pas être confondue avec une autre. Tahia a tenté d'en apprendre davantage sur le bracelet, mais Jessica lui a dit qu'elle l'avait acheté dans une boutique de déguisement, qu'il était faux, « du toc » pour reprendre son expression... À partir de ce moment-là, nous avons essayé de le trouver, mais il devait être caché dans un coffre à l'abri des regards car, malgré tous nos efforts, nous ne sommes jamais parvenus à mettre la main dessus. Puis, la semaine dernière, avant votre arrivée, Paul a entendu une dispute entre les époux Wagner au sujet de ce bracelet. D'après ce que disait Jessica, c'était forcément l'un de nous qui l'avions récupéré...

Je croise les bras sur ma poitrine. Ce Watson est nul, archinul, nul à un point qu'il est carrément bien classé au niveau extraterrestre lui aussi[133] !

— Donc, les époux Wagner savaient que les héritiers Bastan les entouraient et cherchaient à récupérer ce qui pouvait encore l'être ! Vous auriez peut-être pu nous en parler tout à l'heure ?

— Je voulais le faire, mais je n'ai pas réussi à placer un mot... En revanche, je viens de le raconter au Major Monestier avant qu'il ne parte. Il nous a convoqués demain avec Paul et Tahia, pour que nous fassions nos dépositions.

Ben voyons, ça va être de ma faute parce que je parle trop ! Je vous jure, l'ingratitude des gens !

— Tahia, Paul et vous étiez de mèche. Donc, ce n'est pas par le plus pur des hasards que j'ai failli renverser Paul, en sortant de la salle de repos, après avoir fini mes recherches... En fait, vous vous relayiez pour me surveiller...

— Désolé, Chloé....

Tu peux l'être, Blondie, avec les problèmes que je vais avoir à cause de toi... Le retour en France va être épique... *Carpe diem*, Chloé. Pour le moment, tu t'apprêtes à rejoindre le cabanon dans la forêt de cocotiers... Profite...

— Bon, si j'ai bien compris, comme le seul restaurateur de l'île a été assassiné, on n'a plus rien à manger, remarque Muriel.

---

[133] Je vais faire un lot avec les blattes et je vais envoyer le tout dans une compétition extraterrestre ! Hé, Elon, il te reste une place sur SpaceX ?

Punaise, merci Muriel pour ce rappel à la dure réalité.

— Metua nous a apporté un panier garni, ose Cyrielle.

— Ah, quel brave garçon ! s'exclame Muriel. Et on peut savoir où en sont tes amours ?

Je ne parviens qu'à entendre un « pfff » indigné au milieu des ricanements de tous. Pauvre Cyrielle, elle va servir de dérivatif à notre mauvaise humeur...

La punition de Miss Marple (âmes sensibles s'abstenir)

Samedi 8 juillet – Temps froid (en comparaison de Bora Bora). Journée... Je me prononcerai plus tard sur la question...

Le retour en France est un peu morose. Comme nous l'avions prévu, l'arrestation de nos employeurs et la clause vicieusement intégrée à notre contrat a réduit notre engagement à la portion congrue. Seule l'intervention du Major Monestier nous a permis de rester trois jours de plus, afin que nous ayons tous le temps de déposer en bonne et due forme[134]. Ensuite, embarquement direct et retour en France...

Pour être honnête, je pense que Bora Bora ne va pas me manquer. Entre les meurtres, l'abri de jardin, le major qui parlait trop et mon Watson australien tout-pourri, j'ai eu mon compte... Pourtant, je sais que le meilleur[135] reste encore à venir.

Je n'ai pas le temps de franchir les portes de la douane que je repère aussitôt Marc Norton, alias James

---

[134] Pfff, c'est nul la procédure !
[135] Ou le pire...

Bond, au sommet de sa forme. Cheveux bruns courts, bras musclés croisés sur sa large poitrine, lunettes de soleil prêtes à fondre sous le regard enflammé qu'il me lance... Oh punaise ! Petit Jésus, priez pour moi ! Rappelez-vous que je fonce certes dans le tas, mais c'est pour que justice soit faite...

Marc prend le temps de saluer tous les membres de la troupe avec courtoisie, puis il se tourne vers moi. Il relève ses lunettes et me fusille de son regard si bleu...

— Bonjour Chloé. Tu as fait bon voyage ?

Heu... Oui, ça allait jusque-là, mais je sens qu'une tempête se lève à l'horizon... Je préfère ne même pas répondre, sachant que tout ce que je dirai pourra être retenu contre moi. Je salue Serge et Luc un peu sèchement, avant de dire au revoir plus gentiment à Cyrielle et Muriel. Au moment où Cyrielle me serre dans ses bras, elle me glisse à l'oreille :

— J'ai un canapé si tu as besoin...

Ah cette blondinette ! Si elle n'existait pas, il faudrait l'inventer ! Bref, je la remercie aussi discrètement, mais je n'ai pas l'intention de céder un pouce de terrain à James Bond !

Nous nous séparons enfin et regagnons ma Twingo jaune, Marc n'ayant qu'un monstre de métal, comprendre une moto, bien peu pratique pour les valises... Quoique le seul avantage de la Twingo sur la moto soit que je ne devrai pas tirer ma valise derrière moi, à même la route... En revanche, elle envahit toute la banquette arrière, m'obligeant à garder un gros sac sur mes genoux.

Maintenant installés, que la fête commence. Je suis prête ! Silence. Marc conduit et ne dit rien... Beuh ? C'est peut-être pire que ce que j'imaginais... Ou alors le premier qui parle a perdu ? C'est quoi le jeu ? Je veux bien jouer, mais je veux savoir à quoi on joue... Rien. Nada. Que couic. Punaise...

*J*e rentre à la maison en premier, Marc s'occupant de sortir mon mastodonte de la Twingo... La maison est rangée, propre, parfaite... Un peu à l'image de James Bond... D'accord, le fait que les enfants soient chez leur père aide un peu... J'entends une cavalcade et mon chien Patouffe me saute dessus ! Au moins un qui est content de me voir !

Le bruit des roulettes dans l'entrée attire mon attention. Pfff, après trente heures d'avion, j'en ai marre, purgeons le problème.

— Marc, dis ce que tu as à dire et on passe à autre chose.

Il pose ses lunettes, ferme la porte et se tourne enfin vers moi.

— Ce serait plutôt à toi de me parler, non ?

Alléluia ! James Bond n'a pas perdu sa voix !

— Je crois que tu sais tout ce qu'il y a à savoir.

En deux pas, il est sur moi, m'entraîne derrière lui vers la fenêtre et tourne mon visage vers la lumière. Ses gestes ne sont pas brusques, mais un peu fébriles. Il repère la légère trace de brûlure persistante sur ma joue et la caresse avec douceur de son pouce[136]. Il se saisit de mes bras et les examine ensuite avec soin.

— Marc, ça va... Je n'ai rien...

— Putain, Chloé ! Plaquer un homme en feu pour le jeter dans une piscine ! Tu trouves ça normal ?

— Qu'est-ce que tu voulais que je fasse ? Que je le laisse brûler ? Tu aurais fait quoi à ma place ?

---

[136] Oh, j'adore quand il me caresse les joues... Ce n'est pas juste ! Ça devrait être interdit, quand je me prépare à une dispute !

— Ce n'est pas pareil ! Le risque fait partie de mon métier !

— Hé, James Bond, je te rappelle que tu n'appartiens plus au GIGN. Tu es détective privé maintenant !

Marc a une moue pleine de colère. Puis, contre toute attente, il se jette sur mes lèvres et m'enlace avec force. Punaise de bon sang de bois de blatte apocalyptique ! Celle-là, je ne m'y attendais pas... Il rompt notre baiser aussi vite qu'il l'a débuté. Alors que j'essaie encore de reprendre mes esprits, il se baisse devant moi et me fait basculer sur son épaule !

— Hé !!! protesté-je.

Il me tape sur les fesses ! Maieuh !!!

— Tu as été une vilaine fille, Chloé...

Il se dirige vers notre chambre, mais ? Heu...

— Et tu sais ce qui arrive aux vilaines filles ?

Heu, je suis déjà tombée dans plusieurs pièges à mammouths durant cette histoire[137], alors je vais m'abstenir de répondre.

— Elles sont punies ! triomphe-t-il.

J'ai bien fait de ne pas répondre.

Nous entrons dans la chambre, moi toujours sur l'épaule de ce sauvage, qui me jette sur le lit. Il ferme la porte et me rejoint aussitôt.

— En plus, si j'ai bien compté, j'ai un peu plus de trois semaines pour te punir de toutes les façons possibles, avant que les enfants ne reviennent.

— Vu sous cet angle, j'ai bien fait d'être une vilaine fille...

— On verra ce que tu en penseras au bout de trois semaines...

---

[137] Ce qui n'est guère rassurant pour mon tour de taille...

Oh ! Mon ! Dieu ! J'ai chaud… En fait, j'ai plus chaud qu'en Polynésie ! D'accord, c'était l'hiver austral, mais quand même ! C'est grave, Docteur ?

— Si tu crois me dissuader de plonger mon nez dans la prochaine enquête qui croisera mon chemin avec de telles méthodes, tu te mets le doigt dans l'œil jusqu'au coude, James !

Il me décoche un sourire malicieux à faire fondre la banquise[138].

— J'ai bien l'intention de t'épuiser à un tel point que plus jamais de ta vie, tu ne voudras enquêter sur quoi que ce soit.

OK, sa technique est complètement naze, mais je ne vais pas le lui dire. Sur ce, je vous laisse, je suis occupée pour les trois prochaines semaines ! Youpi !

Fin[139]

---

[138] Punaise, Marc ! Ce n'est pas écolo !

[139] PS : Pour les curieux, vous apprendrez que Marc et Thomas se sont croisés sur quelques affaires, quand ils travaillaient tous les deux pour la gendarmerie.

PSS : Pour ceux que cela intéresse, j'ai aussi résolu le mystère des fleurs de *tiaré Tahiti* sur l'oreille ! Mais si ! Je vous en ai parlé en décrivant Metua et Tahia ! Je vous explique. Les Tahitiens portent la fleur de *tiaré Tahiti* sur l'oreille, pétales grands ouverts pour les *vahinés* et une fleur en bouton pour les *tane*. Oreille gauche, du côté du cœur, la personne est prise. Oreille droite, la fleur signifie que son porteur est disponible. Si on en porte aux deux oreilles, c'est pour faire savoir que l'on est marié, mais ouvert à d'autres relations. Donc, quand le petit Metua a changé de position le bouton de fleur qu'il portait côté droit pour le côté gauche, c'est que son petit cœur était pris par une blondinette ! Voilà, vous savez tout ! Bonnes vacances à toutes et à tous !

Table des matières

Chères lectrices, chers lecteurs,
Si vous avez aimé cette histoire de Chloé, je vous
invite à laisser un commentaire (gentil de
préférence ☺) sur Amazon, Babelio, Booknode et
tout autre endroit du net où d'autres lecteurs pourront
découvrir mon travail !
D'avance un grand merci !

À très bientôt pour de nouvelles aventures !

Delphine

Si vous voulez suivre mon actualité :
http://www.delphinemontariol.com/
https://www.facebook.com/delphinemontariol.auteur/
https://www.instagram.com/delphinemontariol.auteur/

www.ingramcontent.com/pod-product-compliance
Lightning Source LLC
LaVergne TN
LVHW091704190726
843493LV00001B/140